Über den Autor:

Sandro Hübner, geboren am 07. August 1991 in Görlitz. Besuchte erfolgreich die Schule und widmete sich mit 10 Jahren Kurzgeschichten, Gedichten und Vorträgen die sehr umfangreich verfasst waren. Als er 17 Jahre alt war und sich als Schriftsteller die Zeit, für seinen Ersten Roman: SAD SONG - Trauriges Lied - nahm, machte ihm das Schreiben sehr großen Spaß. Sandro Hübner lebt in Berlin und arbeitet bereits an seinem nächsten Roman.

Vom Autor bereits erschienen: www.sandrohuebner.de

In dankbarer und liebevoller Erinnerung an meine liebe Mama

**Alle Geschichten, wenn man sie
bis zum Ende erzählt,
hören mit dem Tode auf.
Wer Ihnen das vorenthält,
ist kein guter Erzähler.**

E. Hemingway

SANDRO HÜBNER

UNHEIMLICHE GRUSEL-GESCHICHTEN

- TEIL II -

Gruselroman

TWENTYSIX – Der Self-Publishing-Verlag
Eine Kooperation zwischen der Verlagsgruppe Random House und BoD – Books on Demand.

Herstellung und Verlag:
BoD - Books on Demand, Norderstedt

ISBN: 978-3-7407-5068-8

INHALT:

Gänsehaut garantiert!!

Tanz mit dem Tod

Tanz mit dem Tod

Ängstlich und mit laut pochendem Herzen erwiderte ich seine freundlichen Blicke. Er sah so unbeschreiblich schön aus. Lange dunkle Haare und graue leuchtende Augen. Die Welt schien jedes Mal stillzustehen wenn sich unsere Blicke trafen. Ich fühlte die warme Bedrohung die von ihm ausging. Eine Mischung aus Neugier, Angst und Sehnsucht überkam mich. Dieser Mann zog mich magisch an und jede seiner majestätischen Bewegungen erfüllte mich mit Licht. Bewegungslos kamen wir uns näher.

Irgendwann stand er mit diabolischem Lächeln vor mir. Ich meinte sterben zu müssen und das Adrenalin wurde wie wahnsinnig in meinen Körper gepumpt. Sein bleiches Gesicht war ganz nah vor meinem. Jeder seiner Atemzüge legte mein Herz bloß. Es schien mir als hätte er ein unsichtbares Messer mit dem er mich zerstach - meine Zeit, meine Gedanken. Einfach alles andere verschwand neben diesem schwarzen Engel. Nur er existierte. Ich wollte ihm nur noch ganz nah sein.

Ich hatte ein solches Verlangen nach ihm, dass mein Blut kochte und mein Pulsschlag drohte meinen Hals zu zersprengen. Vermutlich spürte er diese tiefe, in mir pulsierende Sehnsucht, denn er nahm mit sanftem Druck meine Hand. In diesem Moment rutschte mir der Boden unter den Füßen weg. Mein Herz hörte auf zu schlagen und diese unendliche Liebe machte mich so schwach dass ich schließlich in mir zusammensackte.

Die Umgebung, das ganze Leben erschienen mir so weit weg. Alles verschwamm im Grau seiner Augen. Ganz still lag ich in seinen Armen und begann mich immer mehr von allem zu entfernen. Ich ließ mich einfach mitreißen von dem bunten Licht und den schönen Klängen, die uns umgaben. Alles Menschliche verschwand im Nichts. In seinen Armen flog ich durch das helle Licht. Immer höher und höher. Ich hörte seine düstere Stimme flüstern: „Bist du bereit für die Ewigkeit?". Schüchtern nickte ich.

Je näher er mir kam, desto mehr begann ich mich von der Welt zu lösen. Selbst mein Körper schien sich in warmes Licht zu verwandeln. Ich konnte seinen Atem schon auf meinem Mund spüren, da riss mich ein stechender Schmerz in die Tiefe. Alles Helle, Bunte verschwamm in hässlichen grau- und schwarztönen. Stürme begannen an uns zu rütteln und ich schrie vor Angst. Vor Angst ihn und all das Wunderschöne zu verlieren. Angst in dieses endlos erscheinende Schwarz zu fallen. Es vermittelte mir etwas von der Hölle. Verzweifelt kreischend krallte ich mich an seiner Hand fest.

In meinen Ohren dröhnte es und ich hörte gerade noch wie er schrie: „Ich werde dich nie verlassen, ich bin bei dir!" Dann verlor sich seine Stimme im Wind. Ich wollte nicht fallen, klammerte mich verbissen und mit aller Kraft an ihn. Doch gegen den Sog kam ich nicht an. Langsam entwich meine Hand der seinen. Ich wehrte mich mit allem was in mir war gegen das Böse, die Leere, die Wut und die Traurigkeit von dem mir das Dunkel erzählte. Irgendwann rissen mich meine Krämpfe in die Tiefe und ich schlug hart auf. Grelles, künstliches Licht und Stimmengewirr schlugen mir entgegen. Als ich die Augen öffnete, sah ich in mir wohlbekannte Gesichter die mir doch plötzlich so fremd vorkamen. Alle waren vor Freude über mein Erwachen ganz aus dem Häuschen. Ich lag lebendig, in meinem verletzten Körper auf einem Bett.

Habe ich alles nur geträumt? Gibt es meinen düsteren Prinzen gar nicht wirklich? Oft flüstere ich mit Tränen in den Augen in Richtung Himmel: „Ich vermisse dich." Die leisen Erinnerungen und die Unsicherheit brechen mir fast das Herz.

Doch ich hoffe es war der Tod mit dem ich tanzte. Denn er würde wieder kommen. Und ich sehne mich nach dem Tag an dem ich heimkehren darf zu meiner großen Liebe . . .

Das Geheimnis des Ringes

Es war Samstag. Katharina kochte Kartoffeln fürs Mittagessen. Ihre kleine Tochter, Brigitte, deckte den Tisch. Sie aßen in der Küche. Brigitte setze sich auf die Bank, die unter der Schräge stand. Die Erwachsenen waren zu groß, sie stießen sich immer wieder den Kopf. Zu den Pellkartoffeln gab es Quark, Blut- und Leberwurst. „Lasst es euch schmecken." „Danke, dir auch." sagte Karl. „Wo ist das Salz?", wollte Brigitte wissen. „Salz?", fragte Katharina.

Ja, das haben wir doch früher auch gegessen. Ihre Eltern sahen sich an und lachten. „Kind, das haben wir noch nie gegessen. Das aß man früher im Krieg." Brigitte beharrte weiter darauf, dass sie das schon gegessen hat. „Vielleicht hast du das mal bei Oma gegessen." Brigitte gab auf. Sie mochte nicht noch weiter ausgelacht werden. Erst Jahre später sollte sich das aufklären.

Zu ihrem 12. Geburtstag bekam Brigitte von ihrer Oma einen goldenen Ring mit einem Rubin geschenkt. Es war der ehemalige Ehering von ihrem ersten Mann Philipp Er fiel drei Tage vor Kriegsende in Russland. Brigitte war enttäuscht von dem Ring. Er gefiel ihr absolut nicht. Sie mochte kein Gold und schon gar keine Ringe mit Steinen. Brigitte konnte zu diesem Zeitpunkt nicht ahnen was für ein Geheimnis er birgt.

Ihre Mutter war sehr traurig, denn es war das einzige was von ihrem gefallenen Vater vorhanden war. Auch Brigitte wusste nicht wieso Oma den Ring ihr schenkte anstatt ihrer Mutter.

Brigitte zog den Ring an, als Oma sich zu Besuch anmeldete. Sie saß brav am Kaffeetisch und malte. Plötzlich sah sie . . . Tja was sah sie? Was waren das für Bilder? Sie sah Männer in Uniformen, einen Kriegsschauplatz, Tote, sie konnte damit nichts anfangen.

Brigitte fragte ihre Mutter ob sie ein Bild von ihrem Vater hätte. Sie hatte ein einziges Foto. Man sah ihn in Uniform vor einem Gebäude. Das Bild war in einer Rose mit einem Blatt abgebildet. Das wurde früher so gemacht, wenn die Männer zur Front mussten. Brigitte war sehr fasziniert von diesem Foto und von dem Mann, den sie nie kennen lernte. Sie fing an viele Fragen zu stellen. Brigitte erfuhr, dass ihr Opa Metzger war. Er sei ein sehr fröhlicher Mensch gewesen. Philipp sei in Russland drei Tage vor Kriegsende erschossen worden. Sonst wusste ihre Mutter leider nicht viel zu berichten, da sie noch sehr klein war als er eingezogen wurde. Katharinas Mutter war immer fröhlich und sang und pfiff während ihrer Arbeit. Das änderte sich schlagartig, als Philipp fiel.

Als Oma sich wieder mal ankündigte zog Brigitte auf Wunsch ihrer Mutter den Ring wieder an. Sie spielte in ihrem Zimmer und wieder kamen Bilder hoch. Sie sah . . .

War das Zufall oder hing das alles etwa mit diesem Ring zusammen? Brigitte wusste nicht, dass sie medial veranlagt und eine Art Profilerin war.

Brigitte trug den Ring nun öfter. Immer wieder sah sie Bilder aus einem Krieg und plötzlich erkannte sie Philipp. Sie getraute sich nicht irgendjemand davon zu erzählen.

Als sie wieder den Ring trug sah sie Philipp aus dem Schanzengraben aufstehen. Er lief direkt in den Kugelhagel. Die Kameraden wollten ihn zurückhalten, aber er hörte nicht auf sie.

Wieder sprach Brigitte ihre Mutter an und wollte nun genau wissen wie Philipp gefallen ist. Ihre

Mutter erzählte wieder die alte Geschichte. Brigitte nahm ihren ganz Mut zusammen und erzählte von ihren Visionen und auch, dass er freiwillig in den Kugelhagel gelaufen ist. Ihre Mutter fing bitterlich an zu weinen. „Jetzt weiß ich, dass es wahr ist.“ „Was?“ „Meine Mutter ist schuld am Tod meines Vaters. Bei seinem letzten Heimaturlaub kam er nach Hause und hatte Syphilis. Das hatte er sich bei einer anderen Frau geholt. Meine Mutter machte ihm riesige Vorwürfe. Sie stritten sich. Mein Vater packte seinen Koffer, brach seinen Heimaturlaub ab und ging zurück an die Front. Dort lief er drei Tage vor Kriegsende freiwillig in den Tod, damit er nicht mehr nach Hause musste.“

Brigitte ließ sich von ihrer Oma alles erzählen, was sie wusste. Sie erfuhr wann und wo er verstorben war und noch so verschiedenes. Immer wieder hatte sie dieses Foto vor Augen und erinnerte sich an die Geschichte aus ihrer Kindheit, über die ihre Eltern lachten. Erst viele Jahre später machte sie eine Rückführung in der sie erfuhr, dass sie die Reinkarnation von Philipp sei. Nun wusste sie, dass sie doch schon Kartoffeln mit Salz gegessen hatte, wenn auch in einem früheren Leben. Und sie verstand warum der Ring zu ihr zurückkam.

Seelenkampf

Wir befinden uns im Mittelalter. Am Ufer des Rheins ankert ein schweres Handelsschiff, dessen dunkle Konturen sich geheimnisvoll gegen den vom Vollmond erhellten Abendhimmel abzeichnen. An Deck erkennt man zwei Gestalten. Es sind der Bootsbesitzer Adam und sein Freund Tobias, beide Ehrenmänner im besten Alter.

Nachdem Adam Tobias den Mannschaftsraum, den Lagerraum und vor allem das riesige, imponierende Steuerrad gezeigt hat, führt er ihn durch einen langen, schmalen Gang tief im Innern, der nur von wenigen Fackeln beleuchtet wird, auf seine Privatkabine im hinteren Teil des Kahnes zu. Auf den Wänden zucken bizarre Schatten, das Bodenholz knirscht unter ihren Schritten. Überhaupt herrscht eine eigentümliche, bedrückende Atmosphäre, die sich wie eine Zentnerlast auf Adams Gemüt und erst recht auf das seines Gastes legt. Die Unterhaltung verstummt, Adams Miene ist plötzlich verschlossen wie eine Maske. Allein seine Augen beginnen unruhig zu flackern. Tobias liest in Adams Gesicht. Ihm wird unheimlich und es beschleicht ihn Furcht. Eine Furcht, die er nicht zu begründen vermag.

Sie haben die Hälfte des Weges bereits hinter sich, da bleibt Adam plötzlich stehen. Sein Gesicht wird kalkweiß, die Hände zittern und seine Stimme bebt vor mühsam unterdrückter Panik.

„Irgendetwas ist hier, Adam, irgendetwas stimmt nicht!", dringt Tobias in ihn.

Ihn beschleicht das ungute Gefühl, dass sie nicht mehr allein sind, sondern von allen Seiten beobachtet werden. Adam antwortet nicht. Er steht regungslos, seinen Blick mit weit aufgerissenen

Augen auf die rechte Wand gerichtet. Tobias sieht auf eine Tür, verbarrikadiert mit zwei mächtigen Holzbalken.

„Adam, was bedeutet das?", flüstert er tonlos.

Von dieser Tür strömt ihm Eiseskälte entgegen. Ihn fröstelt es.

„Lass uns weiter gehen!", drängt er.

Er will fort, fliehen vor diesem unheimlichen Sog, der auch ihn unweigerlich dorthin zieht. Noch immer erhält er keine Erklärung. Stattdessen bewegt sich Adam, wie eine Marionette von unsichtbarer Hand gezwungen, willenlos auf die Türe zu. Entsetzt reißt Tobias seinen Freund am Ärmel, will ihn zurückhalten.

„Adam, nein. Mir graust es . . . Sie sind um uns, nicht wahr? Sie, die Dämonen aus der anderen Welt!?"

Diesmal bekommt er eine Antwort, jedoch in einer Weise, die so schrecklich ist, dass ihm der Atem stockt.

Adam boxt unter Stöhnen die beiden Holzbalken aus ihren Klammern, lässt sie willkürlich zu Boden krachen. Wie hypnotisiert stieren die beiden Männer auf die Türe, unfähig, doch noch die Flucht zu ergreifen und dadurch dem übermächtigen Einfluss des Unirdischen zu entgehen. Sie stieren, sind keines klaren Gedankens mehr fähig und harren ihres Schicksals.

Wie von Geisterhand öffnet sich langsam die schwere Türe. Kein Knarren, kein Quietschen, nichts. Die totale Lautlosigkeit, deren Grausamkeit die beiden Freunde lähmt, verdammt sie für diesen Augenblick zur absoluten Widerstandslosigkeit.

Mittlerweile steht der Eingang des Schreckens weit offen. Unsere beiden Freunde sehen nicht länger in schwärzliche, bedrohliche Düsterheit. Gräuliche Nebelschwaden wabern ihnen entgegen, versuchen sie einzuhüllen. Doch dabei bleibt es nicht allein. In diesem Grau formen sich schemenhafte Gestalten, Körper Verstorbener, die sie aus leeren Augenhöhlen durchbohrend fixieren. Aber sie halten sich im Hintergrund, starrten nicht etwa den Versuch eines Angriffes, blicken Adam und Tobias nur unaufhörlich an.

Plötzlich tritt eine der Schattengestalten vor. Sie bleibt nicht länger ein Schemen. Ein Mensch, eine alte Frau steht vor ihnen. Sie trägt edle Gesichtszüge und lächelt sanft. Die Männer vernehmen eine liebliche Frauenstimme, die sie lockt, die sie einlullen will:

„Komm zu mir, mein Sohn. Trete ein in diese meine Welt, damit wir für immer vereint sind! Dich erwartet die Unsterblichkeit! – Komm . . .!" Die Stimme wird drängender, bohrt sich tiefer und tiefer in Adams Herz. Es ist seine Mutter, die ihn zu sich ruft, zu sich in die Welt der Unsichtbaren.

Der heuchlerische Singsang ihrer Stimme löst die Starre in Adams Seele. Er wird wach und spürt den Atem des Bösen. Er kann ihm jedoch nichts anhaben, denn Adam ist ein Ehrenmann. Das Gute ist sein Schutzschild und auch das seines Freundes. Von diesem Moment an haben sie keine Angst mehr, egal, was ihnen noch begegnet. Inzwischen wagt sich das Wesen, dass Adams Mutter ist, näher und näher. Es bringt all seine dämonische Kraft auf, um diese zwei Menschen doch noch in seine Gewalt zu zwingen. Mit lieblichen Worten war es ihnen nicht beigekommen. Nun zeigt es sein wahres Gesicht, eine abscheuliche Fratze der Verlogenheit und grausame Krallenhände, die in ihrer Schrecklichkeit von etwas künden, von dem bisher allein Adam Kenntnis hatte. Ein Geheimnis, um dessen Wissen er zeit seines Lebens so gut als möglich in seinem Herzen verschlossen hielt.

„Du musst dich nicht fürchten. Sie kann uns nichts. Wir sind zu stark. Uns schützen die Geister des Guten, warte ab!"

Durch Adams Worte aufgerüttelt aus der Hypnose des Grauens, gelingt es Tobias, dem höllischen Einfluss ebenfalls endlich Widerstand entgegen zu stellen. Fragen zu stellen, ist es ihm noch unmöglich, aber die von Gott eingesetzte Macht des Vertrauens, das Vertrauen zu seinem Freund ist mächtiger als die dämonische Zauberkraft.

„Wir sind behütet!", betont Adam.

Seine Mimik ist nicht länger die eines Gehetzten, sondern zeugt von aufkeimender Zuversicht. Ohne den Geist seiner Mutter aus den Augen zu lassen, wendet er sich zur linken Wand. Auch dort findet sich eine Türe. Jedoch ist sie weder mit Zeichen der Brutalität noch gewaltsam verschlossen. Auf ihren Flanken entdeckt Tobias ein weißes Kreuz, mehr nicht. Sind es Adams Worte, die ihn zur Ruhe bringen oder ist es sein eigener Glaube? Oder beides? Er weiß es da nicht zu sagen.

Adam öffnet diese Türe. Auch sie knarrt nicht, auch sie quietscht nicht. Aber die Lautlosigkeit ist eine andere. Es ist die Stille des Friedens. Fasziniert blicken die beiden Männer, Tobias verzaubert, Adam trotz allem noch mit einem Auge den Geist seiner Mutter beobachtend, in den Raum hinter dieser Türe. Sie sehen in ein helles Licht und vernehmen leise Musik, von unsichtbaren

Geigen gespielt. In diesem Licht schreitet ein Kind langsam auf die beiden Männer zu. Ein seliges Lächeln umspielt seinen Mund. Bald steht es neben ihnen.

„Mein Bruder!", spricht es Adam an. „Und du, Tobias . . . Fürchtet euch nicht. Adam, in Deinem Herzen waren wir immer zusammen, nie getrennt! Folgt mir in meine himmlische Welt!"

Während es so spricht, richtet das Gute seinen Blick auf das Böse, das sich schreiend und fluchend unter diesen Worten krümmt und windet. Die Magie der Hölle ist machtlos. Die Fratze der Mutter verzerrt sich, ihre Gestalt verblasst, zerreißt in Fetzen und verschwindet in den schwarzen Abgrund des Verbrechens, in die ewige Verdammnis, um niemals mehr aufzutauchen. Ihre Kraft ist endgültig gebrochen. Wie von Zauberhand verschließt sich die Höllentüre hinter ihr, um nie mehr Bedrohliches freizugeben.

Adam und Tobias fallen auf die Knie und bekreuzigen sich. Sie fühlen sich aufgehoben in Gottes Hand.

„Werdet ihr mit mir gehen?", fragt das Kind ein zweites Mal.

Forschend sieht es sie an und erkennt die Antwort.

„Noch nicht, noch ist es zu früh!", stammelt Adam. „Doch nun werde ich Tobias alles erzählen. Auch er wird im Herzen mit dir verbunden sein!"

Ein Leuchten geht über das Gesicht des Kindes.

„Braucht ihr Hilfe, dann ruft mich jederzeit! – Ich gehe jetzt zurück in meine Welt!"

Einen Moment lang streichelt es Adams Hand. Wieder erklingt jene zarte Musik. Das Kind tritt zurück in den Raum. Lautlos schließt sich die Tür hinter ihm. Der Gang, der ihnen so viel Schrecken bescherte, ist nicht länger düster und kalt. Es ist, als ob Tausende von Fackeln entzündet worden sind.

Die beiden Männer empfinden den neuen Frieden und gehen ruhigen Herzens ihres Weges. Dann, in Adams Kabine, stellt Tobias die Frage aller Fragen:

„Adam, bitte erzähle mir. Was ist damals geschehen?"

„Tobias, meine Eltern waren sehr arme Leute, die tagtäglich ums Überleben kämpften. Ich, ihr ältester Sohn, war ein Wunschkind, für das sie viele Opfer brachten. Doch die Jahre gingen ins Land und die Ehe meiner Eltern war fast zerrüttet. Trotzdem kam noch ein Geschwister, mein Bruder, zur Welt. Mittlerweile aber hasste meine Mutter meinen Vater, wünschte ihn zur Hölle. Genauso fing sie an, meinen Bruder zu hassen. Sie gab ihm kaum zu essen und kümmerte sich nicht mehr um ihn. Eines Tages dann kam es zur Katastrophe: Nach einem schlimmen Streit mit meinem Vater stürzte sie sich voller Gram und unbezähmbarer Wut auf meinen wehrlosen Bruder, prügelte ihn blutig und erwürgte ihn dann zu Tode."

Er verhielt einen Augenblick, holte tief Luft, um dann fortzufahren:

„Wie nicht anders zu erwarten, ereilte sie die Gerechtigkeit und sie endete am Galgen. Während sie mit dem Tode rang, verfluchte mein Vater sie:

„Dein Geist soll nicht Ruhe finden, die Dämonen der Hölle dich quälen ohne Unterlass, bis dann eines Tages der Himmel in Gestalt deines eigenen Sohnes dich für immer vernichtet!"

„Und dein armer Bruder?", fragte Tobias erschüttert.

„Du warst Zeuge, mein Freund!", erwiderte Adam. „Er war ein unschuldiges Kind. Die Heimat eines solchen Kindes ist der Himmel."

Noch lange saßen die beiden Männer zusammen. Das Band des gemeinsamen Geheimnisses machte ihre Freundschaft noch inniger.

Die verlassene Stadt

Mich haben immer schon Geschichten interessiert, die sich um verlassene Orte handelten. Sei es um meine Neugier zu befriedigen oder sei es einfach, dass unheimliche Empfinden, dass ich zu spüren hoffte. Was mich immer dazu bewegt hatte, in dem vergangenen Sommer mit einem Freund, eine verlassene Ortschaft zu besuchen, die sich Heiligenstadt nannte.

Wir waren mit dem Motorrad unterwegs. Das Wetter war trocken und sonnig und so hofften wir bei Nachtanbruch wieder in unseren heimischen vier Wänden zu sein...wie gesagt...wir hofften des damals.

Dabei fing alles so an, wie man sich einen kleinen Ausflug vorstellte. Die Räder waren vollgetankt und unsere Fotoausrüstung war im besten Zustand. Kurt, so hieß mein Freund, war gerade dabei seinen Helm aufzusetzen, als mir einfiel, dass wir keinen Kompass dabei hatten. Nun ich bin ein Mensch der gerne weiß wo sich welche Himmelsrichtung befand, deswegen holte ich schnell das gute Stück aus unserem Haus und kurze Zeit später waren wir unterwegs auf einer verlassenen Landstraße Richtung Süden.

Je weiter wir kamen, umso mehr hatte ich das Gefühl, dass es kälter wurde. Was als sonniger Tag begann wurde schnell zu einem wolkenverhangenen Himmel, dessen Sonne uns nicht mehr entgegen lachte. Doch unbeirrt fuhren wir weiter. Die Straße wurde immer schlechter und schon bald verließen wir sie, um in einen Waldweg einzubiegen. Es war nichts weiter dabei, wir waren auch für solche Wege bestens vorbereitet und so wurde unser Vorhaben nur geringfügig behindert. Auf der Karte hatte ich mir diese mysteriöse Stadt genauer angesehen und ich musste feststellen, dass die ganz schön weit ab vom Geschehen der modernen Welt war, denn sie war umgeben von dichten Wäldern und dieser Waldweg war so ziemlich der einzige Weg, der zur Stadt führen sollte.

Langsam aber sicher wurde der Weg zu uneben, um noch mit unseren Maschinen weiter zu kommen. Deswegen sah ich in die Augen von Kurt und er hatte denselben Gedanken wie ich. Wir mussten, Wohl oder Übel, unsere Motorräder hier abstellen und den Rest des Weges zu Fuß gehen müssen.

Auch zu Fuß war der Weg die reine Pein; zum Glück hatten wir unsere Stiefel an, um diesen beschwerten, vom Unterholz, gesäumten Waldweg zu bewältigen.

Nach einigen Momenten sahen wir einige Dächer in der Ferne und schon bald lichtete sich der Wald. Es stand nun fest, dass wir am Rande von Heiligenstadt angekommen waren. Ein Blick auf meine Uhr zeigte mir, dass wir bereits Mittag hatten und so mussten wir uns beeilen, wenn wir noch genug Eindrücke sammeln wollten.

Ich konnte es nicht fassen, dass man so schöne Bauten einfach aufgegeben hatte. Mit dem Verlauf der Zeit hatten diese Häuser dennoch ihren ursprünglichen Glanz verloren. Manche Dächer waren vollkommen weggerissen, als wenn ein heftiger Sturm hier getobt hätte. Die noch vorhandenen Straßen waren an manchen Stellen aufgerissen, so dass sich Unkraut ungehindert ausbreiten konnte. Laternen waren zwar vorhanden, doch keiner dieser Stücke würde jemals wieder in Licht erstrahlen, da sie entweder umgeknickt worden sind oder gar keine Glühbirne mehr inne hatten. Kurt holte seine Digitalkamera raus und Fotografierte die Gegend. Sicherlich war es ein beeindruckender Anblick, auch wenn diese Stadt dem Verfall und des Elendes in die Hände gespielt worden war. Das bemerkenswerteste war, dass die Ruhe sich hier so breit gemacht hatte, dass man weder Vögel noch sonst was vernahm. Mein Gefühl sagte mir, dass es in dieser Stadt kein einziges Leben mehr gab und doch fühlte ich mich beobachtet.

Als wir an einem Haus vorbeikamen, dass dem Stil her schon mehrere hundert Jahre auf dem Buckel hatte, konnten wir ein leises Wimmern vernehmen. Kurt stand stock steif stehen und seine Augen verrieten mir, dass er genauso überrascht war wie ich. Hier in dieser Gott verlassenen Gegend vernahm man ein Geräusch, dass die Anwesenheit von Leben offenbarte? Das Wimmern wurde heftiger und lauter. Jemand musste in Not sein und so beschlossen wir, dieses abbruchreife Haus zu betreten.

Es mochte wohl keiner jemals betreten haben, denn überall lag Zementstaub und in meiner Nase regte sich das Gefühl der Wiederwertigkeit, als ich diesen Modergeruch wahrnahm.

Das Treppenhaus war sicherlich morsch, denn die Holztreppe sah nicht gerade stabil aus und so beschlossen wir, dass wir erst einmal das Erdgeschoss ansehen würden, bevor wir uns vielleicht unnötig in Gefahr begeben würden. Jetzt da wir dieses Haus betraten, viel uns auf, dass dieses unsagbare Wimmern aufgehört hatte. Wie konnte dies sein? Es schien von Draußen her aus dem Haus zu kommen. Wir blieben stehen und hörten in den Tag hinein, um festzustellen, dass es wahrhaftig aufgehört hatte. Kurt machte wieder Fotos und so beschlossen wir nach einigen Augenblicken des Verharrens dieses Haus wieder zu verlassen.

Wir betraten wieder die Hauptstraße dieser Geisterstadt und betrachteten uns noch einmal dieses verfallene Haus, dass uns das Wimmern verstummen lies. Für einem Moment überlegten wir, wir hätten uns verhört, doch dann fing es wieder an und nun hörte man auch ein Keuchen, dass uns beinahe zu Eis erstarren lies. Woher kamen diese Geräusche?

Was uns nun interessiert hatte war die Rückseite dieses Hauses und so machten wir uns auf um dieses Haus zu umrunden. Vielleicht war der Verursacher dieses Wimmerns und dem ständigen Keuchen hinter dem Haus und wollte uns nur in die Irre führen.

Ich habe schon oft von Scherzkeksen gehört, die fremde Besucher unheimlicher Orte zu erschrecken versuchten, war dies so ein Mensch? Vor allem mussten wir vermuten, dass wir nicht allein in dieser verlassenen Stadt waren.

Die Rückseite war erreicht. Von dieser Seite aus war das Haus von Hecken nur so umzingelt und die Wände zeigten deutliche Anzeichen von Schimmelbefall. Wenn hier jemand gewesen sein sollte, dann war er schnell verschwunden, denn es war keine einzige Person anwesend. Doch das Wimmern war noch zu hören und so drehten wir uns um und schauten verwundert in die Landschaft hinein. Woher kam dieses menschliche Geräusch? Wer war hier, außer uns?

Es war Kurt, der als erster was sah, was meinem Gefühl der Aufmerksamkeit neue Lebenskraft verlieh. Er packte mich am Arm und deutete auf eine Häuserecke, die keine hundert Meter von uns zu sehen war. Ich konnte gerade noch erkennen, dass sich ein dunkler Schatten um die Ecke bog und uns keinen Moment lang zögern lies.

Es war jemand hier und er versuchte sich abermals zu verstecken. Wenn wir rausfinden wollten, wer es war, dann mussten wir die Verfolgung aufnehmen. Bei allem Tatendrang bemerkten wir nicht, dass sich das Geräusch mit dem Keuchen, sich langsam und bedrohlich näherte.

Wir rannten dem Unbekannten hinterher und bogen um die besagte Häuserecke, wo wir den Schatten gesehen hatten. Je tiefer wir in den Kern der Stadt eindrangen, umso heftiger wurde was Wimmern und wir konnten schnelle Schritte wahrnehmen, die sich Richtung Norden entfernten. Sicherlich floh jemand vor uns und wir wussten nicht wieso. Eines stand jedoch fest, je mehr wir rannten umso mehr verpassten wir von der unheimlichen Gegend und die Zeit rannte gegen uns. Wir wollten einige Besichtigungen der alten verfallenen Häuser machen und jetzt kam uns ein Umstand in die Quere, der uns dies alles zu Nichte machte. Doch was uns nicht weiter Sorgen oder Kummer bereitete, denn diese Person, war sicher vor Angst geflohen und wer es auch war, er brauchte Hilfe.

Unsere Verfolgungsjagd fand schnell ein Ende, denn auf einen weiten Platz, der in der Mitte eine Art Brunnen beherbergte, konnten wir eine Person erkennen, die zusammengekauert und zitternd in einem Häuserbogen saß. Das Haus war abgesehen von dem herabfallenden Putz relativ in Ordnung. lediglich die Farbe müsste erneuert werden, doch so sehr wir die Gegend beobachteten, diese Gestalt des Elends war nun im Mittelpunkt unseres Interesses gestoßen. So gingen wir langsamen

Schrittes auf die arme Person zu, um ihn nicht erneut zu erschrecken. Kurt machte ein Foto, denn eine so derart zerlumpte Gestalt hatte er selbst bei Straßenbettlern nicht gesehen.

Er sah wirklich kümmerlich aus. Seine Kleidung bestand nur aus zerrissenen Kleidern. Die Hose hatte an manchen Stellen Löcher und sein Oberkörper lag fast nackt vor uns. Mein Gott, was musste dieser Junge hinter sich gebracht haben. Es war ein Junge zweifellos, denn seine Gesichtszüge verrieten mir, dass er nicht älter als sechszehn sein konnte. Das Haar dieses Menschen war zerzaust und hing ihm teilweise im Gesicht.

Hager war er, eine ordentliche Mahlzeit hätte ihm gut getan. Das bedrohlichste waren seine Augen, die nur starr vor sich hin blickten und sein Wimmern war lauter als zuvor. Er schien uns nicht bemerkt zu haben, oder er wollte uns nicht sehen, denn als wir nur noch ein par Schritte von ihm entfernt waren, starrte er noch immer wie gebannt zum alten Brunnen, dessen Wasserspeier schon seit Jahren kein Wasser mehr spukten.

Das Zittern wurde heftiger, als ich seine Schulter berührte. Er wich von mir und ich blickte zu Kurt hinüber. Auch er zuckte mit den Schultern und verriet mir damit, dass er ebenso wenig wusste, was zu tun sei, wie ich.

Der Zufall brachte uns aber den nötigen Antrieb mit dem Jungen ins Gespräch zu kommen. Sein Starren verschwand und er konnte einige flüsternde Worte sprechen, die wir nur mit größten Mühen verstehen konnten: „Helft mir. . . helft mir . . .", sagte er und seine Stimme versagte. Was musste dieser arme Kerl alles durchgemacht haben, dass er sich in der Geisterstadt hatte verstecken müssen?

Kurt war der erste der mit ihm sprach: „Wobei sollen wir Dir helfen . . .?“

„I . . . ic . . . ich brauche Hilfe . . . bitte . . . nehmt mich mit . . . ich will fort von hier.“

Wie gebannt sahen wir in seine Augen und mir wurde klar, dass dem Jungen etwas wiederfahren war, was wir nicht zu träumen wagten, doch was hatte er erlebt. Hier war keine andere Menschenseele außer uns.

Kurt trat an mich ran und flüsterte mir was ins Ohr: „Ich bringe ihn zu einem Arzt. Er braucht sicher medizinische Betreuung. Hier nimm meine Kamera. Wenn wir dann die Motorräder erreicht haben melde ich mich per Handy bei Dir und dann noch mal, wenn ich den Jungen abgeliefert habe.“

„Meinst du nicht besser dass ich fahren sollte?“

„Nein . . . ich kenne diese Gegend schon ein wenig besser als Du. Ich werde fahren. Das einzige worum ich dich bitten muss ist, dass du einige Fotos noch machen wirst. Ich möchte eine kleine Sammlung haben, wenn wir wieder zu Hause sind ok?“

„Du kannst dich auf mich verlassen.“

„Na dann lass mich keine Zeit mehr verlieren“, mit diesen Worten beugte sich Kurt zu dem verstörten Jungen herunter und griff ihm unter den Arm. Dabei sprach er beruhigend auf ihn ein. Nach einigem Zögern willigte der Jugendliche schließlich ein und ging langsamen Schrittes mit meinem Freund in Richtung Waldrand, wo wir unsere Räder hatten stehen lassen müssen. Ich sah den beiden noch eine Weile nach, als ich mir nun genauer den alten Brunnen ansah. Irgendwie kam es mir schon merkwürdig vor. Was hatte dieser Junge hier zu suchen? Was war hier vorgefallen, dass er solche Angst hatte, dass er nur noch hier weg wollte?

Ich beschloss erst mal nicht weiter daran zu denken und machte einige Aufnahmen von den Wasserspeiern. Unglücklicherweise verwackelte das Bild und ich musste es löschen. Schon praktisch solche Digitalkameras, man konnte sich die Bilder sofort ansehen, was Kurt nie getan hatte, doch in diesem Fall hätte er es besser machen sollen, denn als ich das von mir geschossene Bild löschte, schaute ich mir auch die anderen Bilder an. Insbesondere das Bild vom kümmerlichen, hageren Jungen sah ich mir an und erschrak. Ich drückte die Zoomtaste, damit ich mir das Bild näher ansehen konnte. Je mehr ich zoomte, umso mehr offenbarte sich mir ein Grausen unbeschreiblichen Ausmaßes.

Wenn ich jemanden dieses Bild gezeigt hätte, würde man es wahrscheinlich als Fotomontage ansehen und mich in den ewigen Grund des Wahnsinns verdammen. Doch ich musste handeln. Kurt war mit diesem Jungen in Richtung des Weges gelaufen, um ihn zu einem Krankenhaus zu bringen. Ich stellte mir die groteskesten Möglichkeiten vor, wie dieser Gang zu enden vermag. Dennoch musste ich den Beiden hinterher laufen, um das schlimmste zu verhindern. Erst jetzt bemerkte ich wieder dieses Keuchen, dass sich um alle Häusereckenwand und mir einen Schauer über den Rücken laufen ließ. Aus einer persönlichen Abneigung und einem Gefühl des Wiederstrebens wurde mein Laufen behindert, so dass ich wie eine Eissäule auf dem Brunnenplatz stehen blieb. Das Keuchen wurde lauter und mit jeder Sekunde die ich untätig dastand verdunkelte sich der Himmel und die Sonne verschwand in einem Strudel ewiger Finsternis. Sturm kam auf und ich hatte so das Gefühl, dass man mich hindern wollte meinen Freund und diesen Jungen einzuholen. Verdammt! hätte ich doch nur früher dieses Foto betrachtet. Es jagte mir fortwährend Angst ein, obwohl ich es nicht näher beschreiben konnte. Ein neues Ereignis ließ meine, krankhaften, Überlegungen verfliegen, denn vor mir tat sich ein Schatten auf, der sich direkt vor meinen Füßen offenbarte. Erst sah es so aus, als wenn es eine schwarze Pfütze gewesen wäre, doch je mehr Zeit verstrich formte sich diese Pfütze zu einem verschwommenen Bild, dessen ich mir sicher war, menschliche Züge aufwies, aber keinesfalls menschlich war.

Es war ein Schatten, der sich bedrohlich vor mir aufbaute. Der Sturm wurde heftiger und ich musste mich an einem der Wasserspeier festhalten um nicht umzufallen. Die schattenhafte Gestalt zeigte jetzt eine Art von Gesicht . . . bei Gott und seinem Sohn Jesus . . . es war das Gesicht des Jungen, den ich noch Momente vorher gesehen hatte. Anstelle eines vor Angst erfüllten Gesichtsausdruckes, ist ein breites hämisches Grinsen an dessen Stelle getreten. Abstoßend war sein Keuchen und so schien es mir, dass er weder den Drang verspürte mit mir zu reden noch etwas zu tun um mich zu beruhigen. Er stand einfach nur vor mir und musterte mich triumphierend.

Ewigkeiten schienen zu verstreichen. Doch dann fegte der Wind diese mysteriöse Gestalt weg und sein Gesicht verriet mir, dass Kurt etwas wiederfahren war, dass nicht von dieser Welt zu kommen schien. Heiligenstadt schien mir langsam unerträglich zu werden. Diese Stadt mit allem seiner Häuser und Gemäuer wurde mir mehr als unheimlich.

Doch jetzt löste sich meine Starre und ich konnte mich wieder daran begeben meinen Freund zu erreichen und was auch kommen mag, dem gegenüberzustehen was ich das personifizierte Grauen nannte.

Das was meine Beine taten, wollte mein Verstand nicht begreifen und so lief ich weiter und achtete nicht mehr auf diese von Menschen verlassene Gegend.

Ich erreichte schnell den alten Waldweg und so konnte ich nur noch langsam fortschreiten. Doch es genügten nur wenige Meter, um festzustellen, dass beide Motorräder verschwunden waren. Beide Räder? Wieso dies? Wo waren sie Beide?

Meine Gedanken überschlugen sich und ich konnte keinen klaren Gedanken mehr fassen. Mein Handy, schoss es mir durch den Kopf. Ja es war eine Möglichkeit meinen Freund noch zu erreichen. Also nahm ich mein tragbares Telefon aus meiner Lederjacke und wählte seine Nummer. Die Sekunden schienen wie Stunden zu vergehen. Es klingelte und mit jedem Klingeln wuchs meine Anspannung. Geh schon endlich ran! Dachte ich mir selbst. Es dauerte noch eine Weile, als ich plötzlich ein leises Klicken wahrnahm. Es wurde angenommen, mein Gespräch, doch keiner Antwortete mir. Keiner sagte „Hallo.." oder dergleichen. Ich rief in den Hörer hinein und hoffte so endlich eine Antwort zu bekommen.

Das was ich nun hörte, erregte in mir ein Gefühl der Furcht und des blanken Entsetzens. Denn ich hörte ein Schlagen, so als wenn man mit einer Peitsche auf einen Nackten Oberkörper schlagen

würde. Hin und wieder hörte ich dann einen Aufschrei. Einen Aufschrei des Schmerzes dessen
was dort am anderen Ende sich abspielte. War
mein Freund das Ziel dieser Schläge? Es machte
wieder „Klick" und die Verbindung wurde unterbro-
chen und ich befand mich alleine auf einen verlassenen Trampelpfad, mit der Gewissheit, dass Kurt
nicht gutes wiederfahren war.

Da mein Gefährt weg war und der Himmel sich
noch immer Wolkenverhangen zeigte, konnte ich
nicht anders und ging mit schnellen Schritten Richtung Stadtmitte. Meine Uhr zeigte mir an, dass
bereits die sechste Stunde geschlagen hatte. Dies
würde wiederum heißen, dass es in zwei Stunden
wieder dunkel werden wird. Jedenfalls schlug
mein Gefühl in Panik um, denn ohne Kurt und ohne mein Motorrad wäre ich hier verloren wie ein
Fisch auf dem Trockenen. So schlenderte ich eine
Seitenstraße entlang, die ein wenig abseits von
der verfallenen Hauptstraße war.

Ein rostiges Schild zeigte mir in einer alten
Schrift den Namen dieser Straße an: „Droschken-
weg". Die Häuser in dieser Straße waren nicht anders, als alle anderen auch, sie waren verfallen
und hatten teilweise keine Dächer mehr. Ich sah
Ratten umherspringen und konnte mir nicht vorstellen, dass diese hier noch was Ordentliches zu
Fressen finden würden. Doch in dem Augenblick
wünschte ich auch, dass ich ein kleiner Nager wäre, der sein Versteck tief in Häusereingängen suchen könnte.

Der einzige Trost den ich hatte, war dass es
keinerlei Geräusche mehr gab. Keine Schritte oder
Wimmern, kein Keuchen und auch kein Wind
drangen in meine Ohren. Die beruhigte meine Sin-

ne und so konnte ich mich auf einer kleinen, vom Schimmel überzogenen Bank hinsetzten um ein wenig nachzudenken. Meine Gedanken drehten sich um Kurt und den merkwürdigen Jungen, den wir gefunden hatten. Sein Gesicht war mir im Schatten erschienen und so fragte ich mich, wer dieser Junge in Wirklichkeit war. Langsam aber sicher wurde ich müde und meine Augen konnten sich nicht mehr offen halten. So verlor ich das Bewusstsein und schlief ein.

Als ich aufwachte, fand ich mich in einem Nebel wieder, der von der Dunkelheit begleitet wurde. Es war Nacht und ich verfluchte diesen Ort. Ich hätte nicht einschlafen sollen, denn jetzt verlor ich die Orientierung. Wo um Himmelswillen war der Waldweg? Kein Licht war zu sehen, lediglich das Mondlicht schien schwächlich durch den Wasserdunst, den der Nebel mit sich brachte.

Mein Kompass war nicht mehr funktionstüchtig, denn als ich ihn aus meiner Tasche nahm drehte er sich willkürlich umher und deutete mir keine Richtung mehr an, was vermuten ließ dass dieser irgendwie beschädigt worden ist, oder es herrschte irgendwo hier ein starkes Magnetfeld...doch wodurch?

Ich stand auf und sah mir die Gegend wieder genauer an. Was mich überraschte, war das diese Nacht nicht kalt zu sein schien und ich mich der Lederjacke entledigen konnte. Was ich dann auch tat.

Ich ging einige Schritte dieser Straße entlang, wo ich einst her gekommen ward. Mein Gefühl verhieß nicht gutes zu erahnen, doch ich schob es auf die Verlassenheit dieser Stadt und versuchte meine Angst unter Kontrolle zu halten.

Erst als ich mich in die Richtung begab wovon ich vermutete, dass diese zum Brunnen führen musste, vernahm ich leises Stimmengewirr. Waren es Menschen? Sicherlich waren es Menschen . . . oder? Jedenfalls musste ich vorsichtig sein, denn jedes Geräusch könnte mich verraten. Ich schlich also mehr zu dem Platz mit den Brunnen, als dass ich mich durch lautes Laufen zeigen würde.

Der Dunst wurde weniger und gab den Mond freie Bahn sein weiß-blaues Licht auf die Erde zu werfen. Erst jetzt konnte ich mehr erkennen. Die Stadt sah im Mondlicht noch gespenstischer aus als am Tage und meine Knie begannen an zu zittern.

Der Brunnenplatz war nur noch wenige Meter entfernt, als ich vor Schrecken versuchte einen Schrei zu unterdrücken. Schnell versteckte ich mich in einem Häusereingang und so konnten mich diese Gestalten nicht erkennen, die da heftig am diskutieren waren.

Es waren drei und alle sahen eher abstoßend aus. Eine dieser Gestalten war mit einer Peitsche ausgestattet und hatte, mein Gott, vier Arme! Zwei seiner Arme waren wie bei einem normalen Menschen an den Schultern zu finden, doch seine beiden anderen . . . waren am Rücken angewachsen, so als wären es Flügel.

Die zweite Gestalt war weniger hässlich. Sie war zwar sehr klein, keinen Meter groß, dennoch hatte sie einen bedrohlich stechenden Blick, der mir missfiel. Gekleidet war dieser Liliputaner in einem schwarzen Anzug mit Zylinder. Wahrscheinlich war er Totengräber, schoss es mir durch den Kopf. Die dritte Person kannte ich bereits. Das war doch nicht möglich! Es war der Junge, den wir helfen wollten. Anscheinend hatte er es sich anders überlegt und schien nun sehr viel lebhafter zu sein als am Tage. Seine Gestalt umgab dieser rätselhafte Schatten, der mir schon einmal begegnet war. Nur mit Schaudern konnte ich mich daran erinnern.

Was das Ganze noch abrundete, war die kümmerliche Gestalt, die dort im Brunnen hockte.

Ich musste meine Augen verkneifen um es genauer zu sehen. Doch selbst dies brachte nichts. Ja es war was im Brunnen, dass mein Interesse auf höchste erregte.

Ich nahm also die Kamera raus und fing an es mit dem Zoomobjektiv es näher zu betrachten. War schon erstaunlich, was alles sichtbar wurde.

Was ich durch den Sucher erblickte lies mich an meinem Verstande zweifeln. Dies konnte nicht wahr sein. Als ich sah was da in dem Brunnen zu finden war, fing mein Herz an zu pochen und dies aus voller Wut, gemischt mit Verzweiflung.

Da waren die Motorräder. Sie standen hinter dem Brunnen, so dass ich sie nur schwer erkennen konnte, dennoch verhalf mir der Zoom meiner Kamera, dass ich einen Scheinwerfer und den Tankbehälter erkennen konnte. In dem Brunnen sah ich aber dies was meine Wut ins unermessliche steigerte.

Es war Kurt – ja es war mein Freund, der sich hockend in dem Brunneninneren befand. Sein Gesicht war bleich und wurde vom Mondlicht so dermaßen Angestrahlt, dass er beinahe tot aussah. Man hatte ihn entkleidet, sein Oberkörper zeigte an einigen Stellen rote Striche, offenbar wurde er mit der besagten Peitsche, die eines der Gestalten in den Händen trug, geschlagen.

Die drei Personen, so möchte ich sie mal nennen, waren heftig im Gespräch vertieft und so bemerkten sie nicht, wie ich sie beobachtete. Es sah so aus, als wenn sie auf was warteten, denn der Liliputaner schaute fortwährend auf seine Taschenuhr, die er nervös aus seinem Mantel zu holen schien.

Dann passierte es. Ich wünschte ich hätte es nicht gesehen oder wäre besser nie in diese Stadt gekommen. Diese Missgeburten aus einer anderen Welt drehten sich zum Brunnen um und hoben ihre Hände in die Luft. Was das ganze bedeuten sollte, bekam ich später erst mit, mir schien es, sie riefen einen Namen in einer Art Sprechgesang. „Amtron! Amtron . . . jubeljo Amtron!"

Ich erschauderte und ein Eiskalter Luftzug umgab meinen zitternden Leib, wie das kalte Wasser einen Fisch umspülte. Immer wieder wiederholten sie diese Worte . . . „Amtron!", was mochte dieser Name zu bedeuten oder war es ein Name?

Mir kam es so vor, als wenn die ein Ritual vollführten, ein Ritual das die Anrufung eines Gottes gleich schien.

Der Brunnen bewegte sich und irgendwie wurde mein Freund durch dieses Bewegen zum Leben erweckt, denn seine Augen öffneten sich und er fing an zu schreien.

Beachtung fanden seine Schreie nicht; die Gestalten führten weiter ihren Sprechgesang aus. Was mochten dies für Kreaturen sein, die sich um ein Leid nicht im Geringsten kümmerten.

Es tat sich ein Loch im Boden auf und der Brunnen mit seinen Wasserspeiern wurde in dessen Schlund gezogen. Langsam senkte sich dieses Wasserspiel ins Erdreich und mit jedem Zentimeter wurden die Schreie meines Freundes lauter.

Er konnte sich nicht befreien, scheinbar wurde er durch Ketten oder Seilen an dem festgehalten, was ihn runterzog.

Mein Blick konnte ich nicht abwenden, denn was auch passieren mochte, es war genauso spannend wie abstoßend. Als alles vom Erdreich verschlungen war, die Schreie verstummten hörte ich ein Grollen, dass sich ohrenbetäubend durch die Gegend verbreitete.

Der Sprechgesang hörte auf. Die Hände dieser Mutanten, so muss ich sie nun nennen, senkten sich.

Als ich dachte es könnte nicht mehr schlimmer werden, sah ich wie sich eine schwarze Säule aus dem Boden manifestierte und bedrohlich, ja beinahe angsteinflößend, sich gen Himmel erstreckte. An Stelle des so wundervollen Brunnens ragte ein Stein aus dem hervor, was Kurt einst verschluckt hatte.

Doch es war nicht der Stein, der mir beinahe den Verstand raubte, nein . . . es war dieses abnorme Wesen, dass sich an dem hochkrabbelte, was mir so grotesk und zyklopisch vorkam.

Eine Beschreibung von dem was ich sah, konnte man einfach nicht in Worte fassen. Es war Insektenähnlich, würde sicher am ehesten dazu passen, wenngleich es kein Insekt war. Die Größe dieses Wesens war so grauenerregend, dass sich mein Zittern nur noch verstärkte. Schnell erreichte es die Spitze dieser Säule und fing an mit einer piependen Stimme zu sprechen, die ich wohl nie wieder vergessen würde. Es waren diese Laute dieses Wesens die mir den Intellekt raubten. Ab da an wurde mein Glaube an die rationale Wissenschaft und den Glauben des Menschen, er sei das höchste Wesen, in alle Winde verstreut.

Das was ich sah war eine Gefahr für unsere Rasse. Ich sah wie es meinen Freund verschlungen hatte, mit in seine ekelhaften Tiefen gerissen hatte.

Als der Stein, ebenso wie der Brunnen begann sich zu senken, fielen die drei Helfershelfer dieser gottgleichen Ausgeburt der Hölle, auf die Knie und beteten ihn an, bis er vollkommen im Erdreich verschwunden war, dorthin woher er gekommen wart.

In diesem Augenblick der Besinnung fiel ich in Ohnmacht und konnte nur noch erkennen, dass sich die drei Gestalten umdrehten, und genau in meine Richtung blickten.

War dies jetzt auch mein Ende?, dachte ich und dies war das letzte was noch meinen Geist heimsuchte, der Gedanke an meinen eigenen Tode.

Es mochte wohl eine glückliche Fügung gewesen sein, denn als ich eine Hand auf meiner Schulter spürte wurde ich wieder wach. Als ich die Augen öffnete und damit gestattete, dass Tageslicht meine Augen erreichte, sah ich einen wolkenlosen Himmel. Es war Tag und ich lag auf einer der Parkbanken von Heiligenstadt. Die Hand die mich berührte, war die Hand meines Freundes, Kurt, der mich mit einem Lächeln begrüßte.

„Na endlich wach?", fragte er mich und in seiner Stimme lag ein sorgenloser und ruhiger Ton.

„Kurt? . . . du hier? Was . . .", ich musste mich setzten. Kurt war an meiner Seite, obwohl ich ihn doch hatte sterben gesehen oder war er irgendwie entkommen? Jedenfalls sah seine Kleidung ordentlich aus. Seine Augen waren so voller Leben, dass ich schon dachte dies alles geträumt zu haben, war alles ein Traum gewesen?

Keine Spur von Blässe in seinem Gesicht und auch kein Blut, dass aus seinen Wunden kommen können, als die Peitsche ihn hatte getroffen.

„Natürlich bin ich hier, wo sollte ich denn sonst sein. Doch ich habe eine schlechte Nachricht für dich."

Mein Herz vollführte einen weiteren Schlag und so musste ich mir erst mal ins Gesicht fassen, um zu merken, dass dies hier kein weiterer Traum war.

„Welche Nachricht Kurt?", fragte ich verwundert.

„Unsere Motorräder sind gestohlen worden. Als ich den Jungen wegbringen wollte, fehlte diese, ich denke jemand hat sie einfach mitgenommen."

Als ich diese Worte hörte wurde ich nervöser und so bemerkte Kurt meinen Argwohn und sah mich fragend an.

„Was ist los mit Dir Theodor? Ist etwas?"

„Oh, . . . wo ist dieser Junge jetzt?", fragte ich aufgeregt und mein Freund schien es nicht zu verstehen, denn er machte einen Schritt zurück.

„Er ist im Krankenhaus, dort wo ich ihn hinbringen wollte. Wieso was ist denn?"

Ich holte Wortlos die Digitalkamera hervor und suchte im Speicher nach dem Bild ab, was Kurt von dem Jungen gemacht hatte. Doch nach mehrmaligen durchsuchen kam in mir die Gewissheit auf, dass dieses Foto fehlte, offenbar hatte es jemand gelöscht.

Nach einer Weile überlegte ich und setzte ein Lächeln auf. Was war schon passiert, außer dass uns die Motorräder gestohlen wurden? Wie es auch Kurt danach fertiggebracht hatte den Jungen ins Krankenhaus zu bringen, er war hier und dies zählte nur. Leben konnte man nicht so einfach ersetzten wie zwei Fortbewegungsmittel.

So machte ich ihm den Vorschlag diese Stadt zu verlassen und er war auch recht müde gewesen, so dass er recht schnell mir zugestimmt hatte, nach Hause zu gehen.

Ich ging als erster zu dem besagten Waldweg, wo wir unsere Motorräder abstellen mussten, dabei bemerkte ich nicht, wie sich ein diabolisches Grinsen zeigte, dass mein Freund aufgesetzt hatte. Seine Augen blickten mir nach und ein fieses Glucksen begleitete seinen vom Wahnsinn befallenden Gesichtsausdruck. Leider hatte ich es an dem Tage nicht bemerkt, sonst wäre es mir schon viel früher aufgefallen, dass sich Kurt merklich veränderte und mich immer wieder dazu drängte nach Heiligenstadt zurückzukehren.

Dunkle Schritte

Ich weiß selber nicht, wie ich hier nur hergekommen bin. Eines sei doch sicher, ich bin hier und nun will ich nichts weiter als nach Hause kommen, weg von diesem schlimmen Ort, wo der Teufel sein Heim zu verstecken weiß.

Weg von dem Grauen, das meine Sinne benebelt. Es war sicher, dass ich nicht so einfach das hätte sehen sollen, was sich vor einigen Minuten im Keller eines bereits abbruchreifen Haus abgespielt hatte. Ich konnte es beobachten und wünschte ich hätte es nicht gesehen.

Wenn ich daran denke, wird mir übel und mein anfängliches Entsetzten verwandelt sich in einen Verfolgungswahn um. Es war eine Prozedere der grausamsten Art, dessen Beschreibung nicht lohnt, man würde mir ohnehin keinen Glauben schenken. Ich hörte diese Schreie, als ich mit meinem Fahrrad an diesem Hause vorbeifuhr. Es waren Hilfeschreie und als ich mein Rad am Wegesrand abstellte um mir das ganze genauer anzuhören konnte ich einen Schuss vernehmen, der vom Haus zu kommen schien. Mein Geist wollte weiterfahren und weg von hier. Meine Beine aber stiegen vom Rad ab und so machte ich mich auf, um nach dem Rechten zu sehen. Es musste meine übertriebene Neugierde sein, dass ich mich so ohne weiteres aufmachte das Haus zu betreten. Doch nach diesem Schuss folgte kein Geschrei und so dachte ich mir, dass mein Nachforschen keinerlei Gefahr in sich birgt. Die Nacht war angebrochen und ich konnte den Mond in weiter Ferne beobachten, wie er seine alltägliche Bahn zog. Das Haus lag düster und scheinbar verlassen am Waldesrand und ich konnte keinerlei Menschenseele in meiner Nähe wissen. Jedenfalls erkannte ich keine Gestalt, die sich im inneren oder wohlmöglich außen am Haus aufhielt. Da sah ich plötzlich ein schwaches Licht in einem der Kellerfenster, die nur eine Handbreit über den Erdboden zu sehen waren. Mein Herz pochte wie wild und meine Beine wollten keinen Schritt mehr unternehmen, doch die Neugier war stärker, so dass ich mich langsam dem Licht näherte. Da das Fenster nur kaum über dem Boden reichte musste ich mich hinknien um einen Blick ins Innere zu erhaschen.

Es war der Augenblick, da ich meine Angst wiederfand und einen stummen Schrei zu unterdrücken versuchte.

Ich sah den kargen Kellerraum. In dessen Mitte war ein Holzstuhl aufgestellt. Auf dem Stuhl saß eine Person, ob männlich oder weiblich, kann ich nicht mehr sagen. Der Kopf dieser Gestalt war nach vorn übergebeugt und man vernahm keinerlei Bewegung oder ähnlichem. Erst jetzt fiel mir auf, dass eine kleine Wunde an dessen Kopf zu sehen war und so lies dies nur den einen Schluss zu; es handelte sich um eine Leiche, die durch einen Kopfschuss hingerichtet wurde. Wenn dem so war, dann musste sich der Mörder dieser armen Seele noch hier aufhalten, denn ich hatte keine Gestalt vom Haus wegrennen sehen. Ein weiterer Gedanke war weniger sorgenlos. Diese Person, die den Schuss abgegeben hatte, könnte sich ertappt fühlen und sich schnell ein neues Opfer suchen. Mit anderen Worten ich könnte dieses Opfer sein!

Zitternd stellte ich mich auf die Beine und hoffe noch rechtzeitig mein Fahrrad erreichen zu können, bevor jemand mich sah. Doch gerade in diesem Augenblick öffnete sich unter einem lauten Knarren die Haustür. Das Glück verhalf mir zu einer guten Position, denn der unbekannte Fremde hatte mich nicht gesehen. So hockte ich zitternd und vollkommen ängstlich unter einem kleinen Gebüsch, das sich in der Nähe des Kellerfensters befand. Da es bereits dunkel war, hoffte ich insgeheim, dass er mein Fahrrad nicht sehen würde, dass ich am Wegesrand abgestellt hatte.

Es waren langsame und schwere Schritte, die mein Gehör als nächstes vernahmen und so meine Gedanken in alle Winde verstreuten. Die Person, angeblich ein Mörder, ging einige Schritte auf der Veranda auf und ab. Doch dann verwandelten sich diese dumpfen Schritte in leises Schlurfen. Er musste demnach die Veranda des Hauses verlassen haben und bewegte sich nun auf Gras weiter. Jetzt kam eine schattenhafte Gestalt in mein Blickfeld. Verdammt wäre es nicht so dunkel. Sein Gesicht konnte ich nicht erkennen. Das einzige was mir regelrecht auffiel, war sein humpelnder Gang, der sich langsam aber sicher meinem Fahrrad näherte.

In diesem Augenblick stand es außer Zweifel, dass er mein Gefährt gesehen haben musste, denn er drehte sich willkürlich um und sah genau in meine Richtung. Sein rechter Arm hing schlaf herunter, scheinbar hielt er etwas in dessen Hand, war es die Pistole? Was meine Angst noch vergrößerte, war das Gefühl, dass er mich gesehen hatte, denn er bewegte sich langsam in meine Richtung. Mit jedem seiner Schritte wurde mein Herzrasen schlimmer und ich wollte einfach nur wegrennen. Wie groß standen die Chancen, dass ich schnell genug sein würde um eine sichere Entfernung zwischen seiner Waffe und mir zu erreichen? Es war dunkel und seine Augen waren sicher nicht besser als meine oder doch? Er kam mit jeder Sekunde der Überlegungen näher und mir wurde es einfach zu eng, hier in diesem Gebüsch, das nur mangelhaften Schutz bieten würde. Der Mond schien die Bäume des Waldes an und somit kam in mir der Gedanke auf, dass ich den Wald als möglichen Fluchtweg nutzen sollte.

Wie ein Delphin im Wasser, so machte ich mich auf und hechtete aus dem Gebüsch hervor und drehte mich rasch um. So dass ich den Wald sehen konnte. Es blieb keine Zeit zu verlieren, denn schon hörte ich wie seine Schritte verstummten. Er würde jetzt sicher seine Waffe auf mich richten und zielen.

Für solche Überlegungen blieb einfach keine Zeit, denn ich musste handeln und so rannte ich wie der Blitz zum Waldrand und hoffte so meinen Verfolger abhängen zu können.

Mein Fortschritt wurde nicht behindert. Jedenfalls hörte ich nichts mehr.. keine Schritte, die mich verfolgten. Würde der Fremde mich verfolgen, so hätte ich wahrscheinlich ein Schuss gehört oder? Ich konnte mir später noch den Kopf darüber zerbrechen, jetzt hieß es erst einmal zu entkommen. Ich erreichte den Waldrand und war froh in die Dunkelheit zu gelangen, die meinen Verfolger es schwer machen würde mich zu treffen. Er müsste mir schon direkt in die Arme laufen oder ich ihm, um mir etwas anzutun. Doch die fehlenden Schritte störten mich und so verlangsamte ich mein Tempo und ging in die Hocke, um kein so großes Ziel abzugeben. Das einzige was ich sah waren die Bäume, die mich wie natürliche Leibwächter umgaben. Keine Spur von einer Person und auch kein Geräusch, das sich meiner Position näherte.

Knack! Ich fuhr herum. Ein Ast war gebrochen und sicherlich nicht von mir, dafür war dieses Geräusch zu weit entfernt. Wer war in meiner Nähe?

Meine Gedanken überschlugen sich, wenn es der Fremde gewesen war musste er mich umrundet haben und war nun auf dem Weg zu mir. Doch wenn ich sein Schritttempo genauer mir vor Augenschein führte, konnte er unmöglich in meiner Nähe sein oder?

Vielleicht waren es sogar zwei Verfolger, die mich jetzt jagten. Wenn dem so wäre, stünden meine Chancen gleich null, diesen Wald noch lebend zu verlassen. Eines stand fest, einer von den Beiden hatte eine Waffe und einer von den Beiden ist wahrscheinlich der Mörder des armen Wesens, das jetzt im Keller des alten Hauses, tot auf dem Stuhl sitzt.

Was das Ganze noch verschlimmerte war die Tatsache, dass ich mir keinen Reim auf die ganze Szenerie machen konnte. Warum wurde diese arme Person getötet und warum humpelte die Person, die ich beobachten konnte?

Es ist seltsam, denn meine Gedanken drehten sich um dieses Haus und je mehr ich nachdachte umso mehr kam in mir die Gewissheit auf, dass ich hier nicht tatenlos rumsitzen konnte. Ich musste hier weg. Doch wohin? Welche Himmelsrichtung ich auch nehmen würde, es könnte die falsche sein.

Eine Idee manifestierte sich in meinem Geiste und es war eine haarsträubende Idee. Wenn ich nun zum Haus zurückkehren würde, dann bestünde eine Chance meinen Verfolgern zu entkommen. Ich brauchte mein Fahrrad, ohne dies konnte ich nicht weit kommen, die nächste Ortschaft war Kilometer weit entfernt. Deswegen musste ich dies tun, womit der Fremde oder die Fremden nicht rechneten. Das Haus war die einzige Möglichkeit an mein Fahrrad zu kommen und wenn dies nicht, dann könnte ich wohl ein Telefon im Haus selber finden. Doch was wäre, wenn gerade dieser, von mir entwickelte Plan, meine Gegner erahnten? Ich würde sicher direkt in ihre Falle tappen. Doch so oder so waren alle Wege irgendwie mit einem Risiko verbunden.

Also machte ich mich auf zum Haus zurückzugehen. Wieder ein Knacken. Diesmal war es schon näher und jetzt wusste ich, dass ich von hinten her Gesellschaft bekam. Dies spornte mich an noch schneller zu werden, dabei achtete ich nicht weiter auf das Unterholz, was meine Schritte wie ein lautes Knallkonzert anhören ließen. Demnach verriet ich meine Position und mir war auch klar, dass sie mich jetzt genau ausmachen konnten. Wieder kam in mir dieses Gefühl der Angst hoch und mein Verfolgungswahn machte mich beinahe Wahnsinnig. Doch es war ja längst kein Wahn mehr, es war die grauenhafte Realität.

Ich erreichte wieder den Waldrand und sah in einigen Metern Entfernung das Haus, wie es nur schwach vom Mond angestrahlt wurde. Da war auch wieder der Busch, der mir anfangs einigen Schutz geboten hatte. Langsamen Schrittes machte ich mich an den Busch ran und achtete dabei auf jedes kleinste Geräusch.

Es waren keine Schritte zu hören und so fiel mir beinahe ein Stein vom Herzen, so dass ich dachte ich würde es noch rechtzeitig schaffen mein Fahrrad zu erreichen und mich so schnell wie möglich vom Schauplatz des Geschehens zu entfernen.

Doch als ich den Weg erreichte, wovon ich gekommen war, bemerkte ich, dass mein Fahrrad nicht mehr dort stand wo es hätte stehen müssen. Mit anderen Worten jemand hatte es mitgenommen!

Der erste Teil meines Planes war gescheitert. Da mein Fahrrad nicht mehr dort anzutreffen war, wo es hätte sein sollen; kam in mir die Gewissheit auf, dass es tatsächlich zwei Verfolger sein mussten, denn die humpelnde Gestalt würde es nie so schnell geschafft haben das Fahrrad wegzunehmen und mich noch anschließend zu verfolgen. Ich musste also ins Haus gehen, um ein Telefon zu finden. Doch der zweite Teil meines Planes war wesentlich gefährlicher als der erste, einfachere Teil, meines Vorhabens.

Ich schlich mich also in die Nähe der Veranda des Hauses und ging in die Knie, um vor dem Eintreten durch die Tür, mögliche Geräusche zu erhaschen. Doch es blieb still. Was vermuten lässt, dass meine Verfolger nicht in meiner Nähe waren. Ich wartete also ab. Denn jeder falscher, übereilter Schritt könnte mein letzter gewesen sein.

Meine Augen gewöhnten sich langsam an die Finsternis. Der Mond und das kleine Licht vom Kellerfenster aus waren gut zu erkennen. Das Haus allerdings war ein dunkler Klotz, den es zu betreten galt. Meine Hände zitterten und meine Gedanken galten dem einzigen, was mich noch retten könnte – das Telefon.

Sicher würden meine Verfolger bereits bemerkt haben, dass ich zum Haus zurückgerannt bin und nun versuchen würde mein Fahrrad zu nehmen, was nicht mehr an seinem Platz zu finden war. Ich bewegte mich langsamen Schrittes zur Haustür und hoffte innerlich, dass sie nicht verschlossen war. Denn dies würde bedeuten, dass ich einen anderen Weg finden müsste, um ins Haus zu gelangen. Doch ein Einschlagen der Fenster würde man von Fern her hören und meine Unsichtbarkeit wäre mit einem Schlag dahin.

Jetzt stand ich vor dieser, recht stabil aussehenden, Tür und betrachtete mir den Türgriff. In dieser Dunkelheit war er nicht mehr als ein dunkler Fleck und so nahm ich ihn in die Hand und drückte ihn behutsam runter.

Ich hatte Glück, die Tür war nicht verschlossen und so offenbarte sich mir das Innere des Hauses, was ich mit höchstem Argwohn betrat.

Im Haus selber war es stockdunkel; meine Hände ertasteten die Wand, in der Hoffnung einen Lichtschalter zu finden. Doch schnell verwarf ich diesen Plan wieder, denn ein größeres Licht vom Haus aus, würden meine Gegner sehen können und so würde ich auch meine Position verraten. Deswegen beschloss ich das Haus im Dunkeln zu betreten.

Ich wusste nicht, ob jemand da war, doch mein Gefühl sagte mir, dass ich nicht allein im Haus war. Aalmehlig gewöhnten sich meine Augen wieder an diese ungünstigen Lichtverhältnisse. Ich erkannte einige Türen, die zu meiner Rechten. Hinter jeder dieser Türen konnte das erwähnte Ziel meines Mutes sein. Das Telefon müsste sich doch hier irgendwo befinden. Mein Schritt verlangsamte sich, als ich mich der ersten Tür näherte. Es war ein Geräusch zu hören, dass vom Raum, dahinter zu kommen schien. Es war ein Rufen – nein ein Wimmern oder Jaulen. Jedenfalls war es nicht menschlich und mein Herz vollführte einen Extraschlag, als ich weiter wie gelähmt dastand und mir dieses Wimmern genauer anhörte.

Was mochte sich in dem Raum dahinter verbergen? Was für ein Klagelaut klang in meinen Ohren?

Es mochte wohl meine übertriebene Neugier sein, die mich dazu veranlasste die Tür zu öffnen. Sie ging unter einem lauten Knarren zur Seite, was jemand hätte hören müssen, wenn er auch in diesem Haus gewesen wäre. So duckte ich mich und lauschte. Doch als ich nur weiter das Jaulen vernahm, was nun, dank der geöffneten Tür, lauter wurde, setzte ich meinen unvorhersehbaren Weg fort.

Was ich nun in diesem Raum fand war so grotesk und anormal, dass es mir sicher keine Menschenseele glauben wird. Durch das einfallende Mondlicht, das den Raum mit Licht überflutete, sah ich ein zusammengekauertes hundeähnliches Ding, dass seine Augen starr auf mich richteten.

Bei näherer Betrachtung fiel mir auf, dass dieser Hund, so will ich ihn mal nennen, am gesamten Leib Einschusslöcher aufwies. Ich trat einen Schritt zurück, denn ein süßlicher Geruch stieg mir in die Nase. Dieser Körper stank erbärmlich nach Fäulnis und so hielt ich eine Hand vor meine Nase.

Überall war Blut zu sehen, was im fahlen Mondlicht eher einer Kakaoschmierasche glich. Dennoch vermutete ich, dass es Blut gewesen sein musste, denn diese Einschusslöcher waren so zahlreich, dass dieser arme Hund hätte verbluten müssen. Doch er lebte. Wenn gleich nicht ganz so, wie man sich leben vorstellte, aber er lebte.

Als er mich nun erkannte und meinen Körpergeruch roch, fing sein Jaulen an zu verstummen und seine schwarzen Augen fingen an mein Gesicht zu fixieren. Anstatt des unsagbaren Wimmerns kam jetzt ein Knurren in mein Gehör und meine Beine fingen an zu zittern.

Seine Zähne blitzen auf im fahlen Licht, den der Raum beherbergte und so beschloss ich mich zurückzuziehen. Ich ging ganz langsam zurück und versuchte dabei diese Bestie nicht aus den Augen zu lassen. Gott sei Dank schaffte ich es noch die Tür zu schließen, bevor er aufstehen konnte. Als einige Momente verstrichen, fing das Wimmern wieder an und ich wusste nicht, ob ich Mitleid oder Abscheu für dieses arme Wesen empfinden sollte.

Meine Gedanken kreisten immer noch um dieses Tier, das sich am Boden rekelte und vielleicht vor Schmerzen nicht mehr weiter wusste. Beim genaueren Überlegen musste dieser Hund tot sein, denn viele dieser Einschusslöcher waren lebensbedrohlich gewesen. Irgendwie kam in mir das Gefühl auf, dass hier irgendetwas im Gange war, dass nicht für die Augen und Ohren eines Menschen bestimmt gewesen sein mochten.

Ich hielt inne, als ich wieder ein Geräusch vernahm. Diesmal war es ein leises Rauschen und schien von der zweiten Tür zu kommen, die direkt neben der Tür war, wo sich der Hund befunden hatte. Mir schauderte es, denn was auch immer in diesem Raume gewesen sein mochte, es könnte wieder was anormales sein, oder doch nicht?

Angst verspürte ich und das Telefon lag nicht in greifbarer Nähe, was mich auf extremste ärgerte. Denn je länger ich in diesem Haus bleiben würde, umso mehr erhöhte sich die Chance, dass meine Verfolger mich einholten. Weiß Gott, was sie mit mir dann anstellen mochten. Jedenfalls stand ich unter Zeitdruck und deswegen biss ich die Zähne zusammen und öffnete auch die zweite Tür, die glücklicherweise geräuschlos zur Seite glitt.

Es mochte wohl das flackernde Licht gewesen sein, den dieser Fernseher ausstrahlte, denn dieses Zimmer erschien heller als das davor. Das Rauschen kam von einem kleinen Fernseher, den man wohl vergessen hatte auszuschalten, offenbar war das Opfer dieses Exzesses beim üblichen Abendprogramm von seinem Mörder überrascht worden. Oder hat sich der angebliche Mörder überraschen lassen und handelte nur in Notwehr?

Wie dem auch sei, unter dem Fernseher war ein Videorecorder, der auf „Stand-by" stand. Es erregte meine Neugier wieder einmal, als ich ein Videoband auf dessen Oberfläche erblickte. Es war beschriftet und ich hielt das Band gegen den Fernseher, um dessen Aufschrift zu erkennen, was mir allerdings schwer fiel.

Dennoch nach genaueren Hinsehen und einer Menge Konzentration konnte ich endgültig die etwas schlampige Aufschrift dieses Videos erkennen. „Genesis I", war dessen Schriftzüge, die in mir den Gedanken weckten, dass es sich um einen Spielfilm handeln musste.

Doch genauer wusste ich es nicht und so musste ich, wohl oder übel, dieses Band in den Recorder legen, um ganz sicher zu gehen.

Schnell war es zurückgespult und ich betätigte die Taste „Play", wonach der Fernseher begann ein schwarzes Bild zu zeigen. Dann sah ich ein Flackern, das sich langsam zu einem Bild formierte.

Ich erkannte einen dunklen Raum, in dessen Mitte ein Stuhl sich befand. Auf diesem Stuhl saß eine Person, die wie der Tote im Keller, den Kopf gesenkt hielt. Doch was anders war, war, dass diese Person auf dem Band zu leben schien. Denn eine unbekannte Person war auf dem Video zu hören, die Fragen stellte, offenbar richtete diese unsichtbare Person, die Fragen auf die Gestalt, die wie ein Kind zusammengekauert auf dem Stuhle saß.

Ich hörte die Frage: „Wie heißt du?" und „wie geht es Dir?", was allerdings nur sehr verzerrt zu hören war. Es handelte sich um ein Amateurband und so erklärten sich die schlechte Bildqualität und der miserable Ton. Die Antworten der bedauernswerten Person auf dem Stuhl waren fast gar nicht zu verstehen und so gab ich es auf das Video weiter anzusehen, denn es würde mich sicher nicht weiterbringen. Das letzte Wort was ich noch wahrnehmen konnte, bevor ich es abschaltete, war „Versuchsobjekt N2", danach flackerte der Fernseher wieder und das Bild wurde wieder undeutlich.

Was es auch gewesen sein mochte; meine Vermutungen waren jetzt schon gewissenhafter geworden. War der Hund, den ich vorgefunden hatte, das „Versuchsobjekt N1", wenn ja, dann müsste die Person auf dem Video, die gleiche Person sein wie im Keller oder?

Doch wie ich es drehte und wendete, ich konnte mir keinen Reim auf all diese Fragen machen und ich war einer Schlussfolgerung so weit entfernt wie Die Erde vom Mond, der noch immer sein Lichtspiel am Himmelszelt vollbrachte.

Ich versuchte mich wieder auf mein eigentliches Ziel zu konzentrieren und wollte unbedingt ein Telefon, wenn es eines gab, finden. Doch je mehr Räume ich vorfand, umso mehr kam ein Grauen zum Vorschein, dass meine tiefste Abscheu erregte. Was ging hier wohl vor? Wer war der Fremde mit der Pistole? Wer hat mein Fahrrad versteckt? Warum lebte der tödlich verletzte Hund noch?, und was ist Genesis I?

Je mehr ich darüber nachdachte umso mehr Angst kam in mir hoch und meine Schritte wurden unmerklich schneller – ich musste hier raus!

Das Haus hatte zwei Etagen. Was in mir die Vermutung nahe legte, dass ich noch Stunden weitersuchen konnte, bevor ich ein Telefon zu finden vermag. Ich ging ein paar Schritte weiter und plötzlich stieß ich gegen einen Gegenstand, der auf dem Fußboden lag und sich nun mit einem kleinen Gepolter wegbewegte. Was war das für ein Gegenstand, den ich unbeabsichtigt berührte?

Ich verfluchte meine Unachtsamkeit, denn jedes Geräusch, was ich machte konnte meine Gegner aufscheuchen und in Sekundenschnelle auf den Plan rufen. Als ich näher kam, um den kleinen Gegenstand aufzuheben, konnte ich mein Glück kaum fassen. Es war eine Taschenlampe, die wie mir schien noch recht funktionstüchtig war. Würde man das Licht der Taschenlampe von draußen her sehen können? Was würde passieren wenn man es könnte? Es musste sein, denn ich konnte nicht ewig hier im Dunkeln ein Telefon suchen und darauf hoffen, dass mir so was wie der arme Hund nicht begegnen würde.

Ich machte also dieses kleine Wunderwerk der Technik an und der Lichtschein war ein wenig schwach, sicherlich waren die Batterien alt und mussten dringend gewechselt werden; andererseits war der schwache Schein der Lampe gerade ausreichend, um kein Aufsehen zu provozieren.

Ich sah mir den Flur genauer an und bemerkte dabei, dass er mit Schimmel überzogen war. Das Haus war im Allgemeinen im schlechten Zustand und so erschauderte ich vor meinen Überlegungen: „wer hauste hier in einem solchen heruntergekommenen Gebäude?" Hier konnte man wahrscheinlich nicht leben, denn der Schimmel war so dicht und überall, dass es gesundheitliche Folgen gehabt hätte, wenn man hier leben würde. Eine weitere Überlegung war noch absurder: „vielleicht lebt hier keiner mehr und ich bin umgeben von lebendigen Tode!?"

Was ich auch überlegte, meine Angst wurde noch stärker und drängte mich zur Eile. Im Schein der Taschenlampe erfasste ich eine Treppe, die nach oben führte und so nahm ich all meinen Mut zusammen und folgte den Stufen, die mich in die oben drüber liegenden Räume bringen würde. Jeder Schritt auf den alten Stufen erregte meinen Verfolgungswahn, was wäre, wenn mich jemand oben erwarten würde? Ich würde ihm direkt in die Arme laufen und dann wäre alles vorbei.

Meine gesamte Vorsicht und meine Bemühungen kein Geräusch zu machen, wären umsonst gewesen. Ich war nun fast oben und noch immer wagte ich es nicht mich umzudrehen. Es lief mir kalt den Rücken runter, als ich ein weiteres Geräusch hörte. Diesmal schien es von unten her zu kommen und ich erkannte es.

Es war die Haustür, die sich langsam öffnete. Bei Gott – ich hatte Gesellschaft bekommen. Sicher war wenigstens einer meiner Verfolger ins Haus gekommen. Also hat die Taschenlampe doch die Aufmerksamkeit der Gemüter erregt, oder war es das kleine Gepolter, was sich vor wenigen Minuten unten im Flur vollzogen hatte? Ich machte mein neues Werkszeug des Lichtes aus und beschloss von der Treppe zu verschwinden. Der Zufall spielte mir ein Versteck in die Augen. Im fahlen Mondlicht erkannte ich einen großen Kleiderschrank, der an einer Wand gelehnt stand. Wenn er genug Platz übrig hatte, könnte ich mich darin verstecken und hoffen, dass keiner auf die Idee kommen würde ihn zu öffnen. Gemächlich öffnete ich eine Tür des Schrankes und lies die Taschenlampe darin scheinen um festzustellen ob genug Raum für mich da war. Wieder hatte ich Glück, denn er war leer und hatte nichts weiter als Staub zu bieten.

Also stieg ich in den Schrank. Jetzt war ich umgeben von absoluter Dunkelheit. Doch meine Sinne waren aufs höchste angespannt, denn ich hörte sogar, dass eine Ratte sich über den Boden bewegte. Weiter hörte ich wie das Licht unten im Flur angemacht wurde. Doch das beängstigende was ich zu hören vermochte waren leise Stimmen, die wie es mir schien, in einem Gespräch vertieft waren. Demnach war meine Vermutung richtig, es waren mindestens zwei Gestalten, die mich verfolgten und einer der Beiden hatte sicher auch mein Fahrrad gestohlen. Langsam aber sicher kam in mir das Gefühl der Hoffnungslosigkeit hoch und mein Zittern wurde stärker.

Ich konnte nicht für ewig hier in dem Schrank bleiben und drauf hoffen, dass die Beiden da unten das Haus es wieder verlassen würden. Eine der Beiden Stimmen war sehr tief und klang nach einem starken Raucher. Die andere war das krasse Gegenteil davon, sie war sehr hoch, beinahe kindlich. Jedenfalls hatten sie eine heftige Diskussion, wohlmöglich unterhielten sie sich darüber, wo ich wohl hingelaufen wäre. Sehr gesprächig war diese Diskussion.

Aus lauter Verzweiflung lies ich dummerweise meine Lampe fallen. Sie knalle mit einem dumpfen Geräusch zu Boden. Dies war der Augenblick, an dem ich Wohl oder Übel meine Stellung aufgeben müssen, denn schon bald verstummte das Gespräch und ich hatte jetzt mehr Angst als zuvor. Dumpfe Schritte drangen an mein Gehör und ich stellte mir gerade im Geiste vor, wie einer der Verfolger die Stufen hoch schlich um nach dem Rechten zu sehen.

Jeder seiner Schritte brachte ihn näher an meine Position. Jetzt würde es nur noch eine Frage der Zeit sein, bis man mich hier im Schrank entdecken würde.

Ich hielt den Atem an, als die Schritte, direkt vor dem Schrank aufhörten und nicht mehr zu hören waren . . . wenn dieser Unbekannte den Schrank nun öffnen würde, wäre alles aus und ich fing an zu beten.

Wie immer war mein Herz in die Hosen gerutscht und auch mein Gefühl der Angst war stärker als zuvor. Doch irgendwie erbrachte der Zufall das, was ich nie so zu hoffen wagte.

Es wurde eine Schranktür geöffnet, die mir einen Blick ins Freie erlaubte. Doch es war die andere Seite des Schrankes, die er Fremde öffnete und so konnte er mich nicht sehen. Das Mondlicht fiel schwach ins Innere meines Versteckes und nun konnte ich die Stimmen klarer vernehmen. Offenbar wollte die Person, die mir am nächsten Stand nur etwas in den Schrank legen. Was es war konnte ich nicht genau erkennen, doch es war kein sehr großer Gegenstand. Bei dem Hineinlegen hörte ich wie die dunkle Stimme etwas nach oben rief: „Komm wieder runter! Ich glaube Er . . . Es ist aufgewacht . . . wir sollten nach ihm sehen!"

„Ja, ja . . .", rief die hellere Stimme nach unten und mit diesen Worten wurde der Schrank wieder geschlossen und leise Schritte entfernten sich rasch.

Einen Moment wartete ich ab. Danach hob ich meine Taschenlampe wieder auf und machte Licht. Im Schein der Lampe erkannte ich erst die wahre Natur des Gegenstandes, den der Fremde hierher getan hatte. Es war eine Pistole. Etwas Besseres hätte man mir nicht in die Hände spielen können. Vorausgesetzt die Pistole war geladen und abschussbereit.

Ich streckte meine Hand aus und griff nach dem Metallenden Objekt und atmete auf. Was auch weiter geschehen mag, jetzt hatte ich wenigstens eine Verteidigungsmöglichkeit.

Es war genauer gesagt ein Revolver und ich öffnete die Trommel um nachzusehen, ob er auch geladen war. Wieder hatte ich Glück – von den sechs Kammern, waren vier noch mit frischen Patronen bestückt. Die anderen Beiden waren bereits abgefeuert worden. Was in mir den Verdacht erregte, dass dies hier die Tatwaffe sein könnte. Wenn dem so war, waren jetzt auch meine Fingerabdrücke auf diesem Revolver und ich musste meinen Plan aufgeben die Polizei anzurufen. Wie hätte ich ihnen auch erklären sollen was sich hier abgespielt hatte?

Dann überlegte ich weiter . . .

Mein Fahrrad musste sich doch noch irgendwo hier aufhalten. Sicher ist es nicht einfach verschwunden. Also ließ ich ab von dem Gedanken ein Telefon zu finden und machte mich auf den Schrank zu verlassen. Als ich wieder im oberen Flur war, schlich sich noch ein Gedanke in mein Hirn. Wer oder was soll aufgewacht sein? Was geht hier überhaupt vor? Warum mussten die Beiden nach dem „Es" sehen? War damit die Leiche im Keller gemeint?

Fragen über Fragen beschäftigten mich, als ich den nächsten Raum im Obergeschoss betrat.

Es mochte eine Ironie des Schicksals sein, dass ich ausgerechnet hier in diesem Raum, offenbar war es ein Schlafzimmer, ein Telefon erblickte, dass sich vom Mondlicht her hervortat. Es war kaum zu fassen, jetzt da ich es aufgegeben hatte ein Telefon zu finden, stach es mir jetzt in den Augen.

Das Bett sah unbenutzt aus. Ich schwenkte die Taschenlampe herum und konnte erkennen, dass sich Mistkäfer hier ein Nest haben bauen müssen, denn überall krabbelte es. Auf dem Laken, an den Wänden und sogar auch auf dem kleinen Stuhl der in einer Ecke des Zimmers zu finden war.

Ich hasste Käfer und voller Ekel und nichts weiter als Abscheu verlies ich den Raum wieder.

Doch in diesem Moment begann das Telefon an zu klingeln!

Bei dem Geräusch, das mich zu Tode erschreckte, hätte ich beinahe meine Taschenlampe wieder fallen gelassen, doch ich fing mich im letzten Augenblick wieder und suchte fieberhaft nach einem Versteck. Erst beim dritten Klingeln hörte es auf und so kam in mir der Verdacht hoch, dass es mehr als nur ein Telefon im Haus zu geben vermag. Denn ich hörte unter mir dumpfe Stimmenlaute und so konnte ich nicht anders, ich musste Mithören. Es lag in meiner Natur alles zu ergründen und so würde ein Telefonat sicher Aufschluss geben über diese merkwürdigen Umstände hier.

Ganz sachte nahm ich den Plastikhörer ab und hielt eine Hand über den Empfänger, so dass man meinem Atem nicht hätte hören können. Was ich nun hörte war einfach grauenhaft entsetzlich.

„Haben sie es endlich?", fragte der eine Teilnehmer, dessen Stimme ich nicht genau einordnen konnte.

„Ja! wir haben es gefunden. Es hat zwar noch einige Macken, doch ich bin sicher die weiteren Versuche werde diese auch noch beseitigen."

„Sind sie sicher, dass es mir auch helfen wird?"

„Da bin ich ganz sicher. Doch noch dürften sie es nicht nehmen, es ist noch zu unberechenbar. Er hat mich heute schon einmal angegriffen und da musste ich . . . sie wissen schon . . ."

„Verstehe . . . gibt es hier noch weitere Probleme?"

„Nun . . . ein Unbekannter hat sicher die Leiche im Keller gesehen. Er ist in den Wald gelaufen, doch wir fürchten er könnte sich jetzt ganz woanders aufhalten."

„Er könnte uns gefährlich werden, schon mal daran gedacht?"

„Keine Sorge mein Bruder sucht schon weiter nach ihm, wir werden ihn finden, sein Gefährt, ein Fahrrad, haben wir schon gefunden und in den Keller gebracht. Er kann nur zu Fuß entkommen und dies ist beinahe unmöglich."

„Dann hoffen wir beide, dass ihnen weitere Missgeschicke erspart bleiben."

„Ja sicher wenn wir ihn in die Hände bekommen
werden . . . dann . . .“

„Ruhe jetzt . . . ich werde mich morgen Früh
noch einmal melden . . .“

„OK, wir bleiben in Kontakt.“

Danach machte es Klick und das Gespräch war
beendet.

Jetzt wusste ich, dass sie immer noch hinter mir
her waren und ich wusste jetzt auch, wo mein
Fahrrad zu finden war. Doch wie konnte ich nun in
den Keller gelangen, ohne dass man mich bemerkte. Ich war, um es in einem Satz zu sagen, in tödlicher Gefahr!

Was meine Gedanken in diesem Augenblick
ausmachten, vermochte ich nicht zu sagen. Jedenfalls musste ich handeln. Nach einigen Momenten
der Stille schlich ich mich wieder zur Treppe und
sah nach unten. Der Flur unter mir war nicht mehr
erleuchtet, was darauf schließen ließ, dass meine
unbekannten Verfolger nicht mehr im Hause waren, zumindest war einer auf der Suche nach mir.

Vielleicht war dessen Bruder jetzt im Keller.
Was meine Anstrengungen erschweren würde,
wenn ich mein Fahrrad wieder bekommen wollte.
Dies und noch weitere Ängste beherrschten meine
Sinne und so hatte ich all meinen Mut zusammen-
gepackt und ging runter, an den Türen vorbei und
sah am anderen Ende des Flurs eine Treppe, die
weiter nach unten führte. Ich vermutete, dass sich
dort der Keller dieses Höllenhauses sich befand.
Die Waffe schussbereit in meiner rechten Hand
und die Taschenlampe zögernd von mir gestreckt,
versuchte ich mit aller Vorsicht den abscheulichen
Keller zu erreichen, wo ich vor Stunden die Leiche
zu sehn vermochte.

Es war kälter als im Haus, was daran lag, dass alle Fenster weit offen standen, um den Verwesungsgeruch zu übertönen. Was mir auffiel, war dass der Keller lediglich zwei Räume besaß. Die eine war geschlossen mit einer massiven Stahltür und der andere Raum war, so konnte ich es unter der Ritze erkennen, hell erleuchtet. Dort musste sich die angebliche Leiche befinden. Denn alles andere war ausgeschlossen.

Ich horchte an der Stahltür, um festzustellen, ob sich jemand in dessen Raum befand. Es war kein Geräusch zu hören und so dachte ich mir, ich könnte diese Tür gefahrlos öffnen. Also drückte ich die Plastikklinke runter und zog daran. Sie öffnete sich problemlos und so offenbarte sich mir ein Objekt, dass das Ziel meiner bisherigen Anstrengungen gewesen war.

Mein Fahrrad . . . Es mochte wohl in diesem Augenblick ein Gefühl der Freude gewesen sein, dass mich unvorsichtig zu formen schien, denn als ich einen Schritt nach vorn tat, hörte ich hinter mir ein Klicken. Es hörte sich so an, als wenn eine Person gerade dabei war eine Waffe auf mich zu richten. In diesem Moment stoppte ich meinen Gang und drehte mich langsam um. Was ich erblickte war dies, wovon ich die ganze Zeit geflohen war.

Eine hagere Gestalt, so etwa um die fünfzig Jahre alt, hielt mit einem leichten Grinsen eine Schrotflinte auf mich gerichtet. Der alte Mann starrte, fast wie irre, in meine Augen und nach seinem Aussehen zu urteilen war er Südländer. Sein Blick wanderte zwischen meiner Waffe und meinem Gesicht, worauf er mir unmissverständlich zu verstehen gab, dass ich meinen Revolver fallen lassen sollte. Was ich dann auch ruhig und behutsam tat.

„So, so. . .", fing er an mit einer tiefen Stimme zu sprechen. „da haben wir ja unseren Flüchtling. Sie haben uns die letzten Stunden ganz schön auf Trab gehalten, das muss ich sagen."

Ich war zutiefst angespannt und musste erst mal damit fertig werden, dass man mich erwischt hatte. Dennoch wollte ich Antworten und ihn in ein Gespräch verwickeln.

„Wer sind Sie?", war meine Frage.

Der alte Mann lies die Schrotflinte sinken und sein Grinsen wurde breiter, als zuvor.

„Ich bin Samuel Groshin. Ich bin Mediziner, also für sie Dr. Groshin."

„Also ein Akademiker. Warum verfolgen sie mich dann, die ganze Zeit und nehmen mir mein Fahrrad weg?"

„Das fragen Sie noch junger Mann? Ich wollte verhindern, dass sie die Behörden auf uns aufmerksam machen. Das Experiment ist in seiner Endphase."

„Welches Experiment? Wie man am besten Menschen tötet?"

Dr. Groshins Gesicht zeigte jetzt kein Grinsen mehr, sein Gesicht glich jetzt mehr einer kalten und ausdruckslosen Grimasse.

„Sei begreifen nicht was hier vor sich geht. Wenn ich Erfolg habe, dann wird mich die Menschheit ehren. Es geht um weit mehr, als nur um ein Menschenleben."

„Ich habe die Leiche gesehen und sie haben geschossen, habe sie aus dem Haus gehen sehen, als ich den Schrei und den Schuss gehört hatte."

„Ich weiß...und sie hatten auch meinen Revolver da in ihren Händen. Jedenfalls muss ich ihnen wohl einiges erklären, bevor sie mich als Mörder abstempeln."

Ich wurde neugierig, denn mit den letzten Worten des Dr. Groshin, winkte er mich heran und zeigte auf die andere Tür, wo dahinter ich den Leichnam vermutete.

„Los öffnen Sie schon die Tür . . . ich muss es ihnen zeigen!", sagte der Dr. schroff und ungeduldig. Ich musste zugeben, dass ich nicht weniger ungeduldig war. Ich wollte es schon wissen, was sich genau hinter dieser Tür abspielte. Seine Rätselhaften Worte und das merkwürdige Prozedere sollte seine Aufklärung finden.

Ich öffnete sachte und langsam, die vom Zerfall gezeichnete, Holztür und öffnete damit das Geheimnis, dass sich schon den gesamten Abend zu offenbaren versuchte.

Was dann geschah war so unglaublich und grotesk, dass es ausgereicht hätte, den guten Dr. in eine Anstalt einzuweisen.

Für einige Augenblicke hielt ich den Atem an und betrachtete mir das Grauen voller Abscheu und Wiederwertigkeit. Es war das bekannte Kämmerchen, das ich von außen her gesehen hatte und so schien es mir, dass sich der angebliche Leichnam bewegt hatte.

Das kleine Einschussloch war unverkennbar an derselben Stelle und ich erschauderte, als ich sah, dass sich die rechte Hand dieses unbekannten Körpers bewegte. War dieses „etwas" am leben? Auf einmal kam in mir der Gedanke an den Hund wieder, den ich oben in eines der Zimmer gesehen hatte. Der Geruch war aber nicht anwesend, da der Körper dieses Menschen scheinbar noch nicht allzu lange tot war.

Mein fragender Blick zu Dr. Groshin, überraschte ihn ein wenig, denn er blickte erst vollkommen gefesselt auf die Untote Leiche und dann zu mir.

„Was sehen sie mich denn so an, junger Mann? Dies ist das bisher beachtenswerte Ergebnis meiner Forschung."

„Beachtenswert?!", konnte ich nur fassungslos wieder geben, denn unter dem Stuhl befand sich schon eine richtige Blutpfütze, die meinen Ekel noch weiter erregte. „Was haben Sie getan Dr.?"

„Ich habe das getan, wonach die Menschheit sich sehnt . . . ich erschuf den Nachfolger des heutigen Menschen! Ich erschuf den Homo Futura!"

Dabei lachte er in sich hinein. Scheinbar viel ihm mein Argwohn gegen diese Sache auf und so hielt er sich im Zaun und fuhr mit einer Erklärung fort, die nicht missverstanden werden konnte, sicher war, dass ich nun alle Antworten bekam, die ich mir schon die ganze Zeit über gestellt hatte:

„Es war eher ein Zufall", fing der Dr. seine Geschichte an. „als mein Bruder und ich ein Serum entwickeln sollten, dass das Immunsystem stärken sollte. Eines kam eins zum anderen und es war wahrhaftig ein Glückstreffer. Jedenfalls möchte ich Sie nicht mit Details langweilen, dafür ist die Wissenschaft zu trocken, doch als wir es entwickelten und an Ratten ausprobierten, fiel uns auf, dass wir was größeres als ein Immunserum erfunden hatten.

Es fiel auf, dass diese Ratten sich sehr aggressiv verhalten hatten, nachdem wir das Serum verabreichten. Jede andere Ratte, die in dessen Sichtbereich kam, wurde stark verletzt und so

mussten wir diese – besonderen – Ratten herme-
tisch trennen. Was uns noch auffiel war, dass man
diese Ratte kein Leid antun konnte. Sie hatte ein
besseres Regenerationsverhältnis, als seine Art-
genossen. Demnach vermuteten wir, dass sie viel
älter werden konnte als die anderen.

Später folgten andere Tiere, wie zum Beispiel
den Hund, den sie wahrscheinlich schon kannen-
gelernt hatten."

„Himmel . . . dann ist er auch mit dem Serum
behandelt worden?"

„Ja, und Sie hatten großes Glück gehabt. Sobald das Serum verabreicht wurde. Hat der betref-
fende zwar eine längere Lebensdauer und kann
praktisch nicht sterben – jedenfalls nicht durch
Kugeln, dies haben wir ausreichend getestet. Doch
seine Aggressivität steigert sich um mehr als das
Dreifache, so dass er jedes andere Lebewesen als
sein Feind ansehen würde. Deswegen . . . sie hätten tot sein können."

Mir war so als wenn ich aus den Augenwinkeln
eine Bewegung wahrgenommen hätte. Doch als
ich den Toten oder was es auch immer war, näher
betrachtete, fiel mir nichts Ungewöhnliches auf.
Doch Dr. Groshin fuhr unbeirrt weiter fort.

„Daran arbeite ich noch...ich muss einen Weg
finden diese Aggressivität zu senken, erst dann
kann ich an die Öffentlichkeit gehen. Deswegen
haben sie sicher meinen Schrei gehört, als sie mit
ihrem Fahrrad hier vorbei kamen. Ich war leichtsinnig geworden und „es" hatte mich angegriffen.
Mein eines Bein hätte er beinahe gebrochen, wenn
ich nicht geschossen hätte, könnte ich nun tot sein.

Ich entschuldige mich dafür, dass ich ihnen einen Schrecken eingejagt hatte. Der einzige Weg

diese Veränderten zu stoppen ist es sie zu verletzten. Dann müssen sie sich erst mal auf die Regeneration konzentrieren, was eine Weile dauert. Ich führe gerade Verhandlungen mit einem Millionär, der in Hamburg sitzt.

Er unterstützt meine Arbeit und verlangt bald Resultate. Deswegen möchte ich auch vorerst nicht, dass etwas an die Öffentlichkeit gerät. Verstehen sie?!"

Meine Augen folgten seinem Blick und ich sah wieder in den kleinen Raum. Der Arm dieses Menschen, der offenbar tot auf dem Stuhle saß, bewegte sich nun deutlicher. Währenddessen hob Dr. Groshin seine Hand und legte sie mir auf die Schulter.

„Nun ich denke nicht, dass sie mir glauben werden, doch es ist die Wahrheit. Ich kann es nicht riskieren, dass etwas an die Presse geht.", mit diesem Worten zeigte er mir sein wiederfertiges Grinsen. Was mich erneut in die Arme der Angst zurücktrieb. Ich konnte nur stotternd antworten: „Was haben Sie vor Dr.?"

„Sagen wir ich bin ein Mensch, der gerne auf „Nummer-sicher", geht.", mit diesen Worten stieß er mich mit seiner Hand, die er zuvor um meine Schulter gelegt hatte, in den Raum mit der mutierten Leiche. Ich stolperte und fiel hin, womit ich nicht mehr verhindern konnte, dass der saubere Doktor die Tür schließen konnte.

Jetzt war ich allein mit dieser Ausgeburt wissenschaftlicher Abnormität. Ich hörte Schritte, die sich von der Türe entfernten. Es musste Dr. Groshin gewesen sein, der nun sicher war, dass ich nicht überleben würde, nicht ohne Waffe oder dergleichen.

Mein Körper wurde von einem Gefühl der Furcht und Panik geradezu überwältigt, als ich sah, dass dieses menschenähnliche Wesen seinen Kopf hob und mir direkt und böse in die Augen sah.

Befristete Ewigkeit

Das ist wieder so ein Abend, der das Ende des Tages ankündigt und unmerklich zu Ende geht; er wird nahtlos in eine dunkle Nacht übergehen.

Er steht am großen Fenster seiner Wohnung unter dem Dach des alten Hauses und blickt auf die bereits einsetzende Dämmerung nieder, die die Stadt langsam einhüllt, die Umrisse der Häuser unscharf werden lässt und erste vereinzelte Lichter vorwitzig versuchen das Grau zu durchdringen.

Die Hektik des Tages ist im Verklingen, die Stille beginnt sich auszudehnen. Hier oben, über den Dächern der Stadt sind die Geräusche nur gedämpft zu hören.

Gedanken überschlagen sich, man hat eigentlich gar keinen Einfluss darauf. Bilder ziehen vorbei, Erinnerungen an Gerüche werden wach. Betörende Gerüche, schwer, den Geist einschläfernd, die Sinne schärfend. Bilder aus längst vergangener Zeit, Jahrhunderte gleiten vorbei wie ein langer Zug mit Abteilen. Jedes Abteil ist besetzt mit fremden, manchmal jedoch auch bekannten Gestalten, bleichen Gesichtern.

Man wird es müde, all diese Wesen im Gedächtnis zu behalten. Nur manchmal verbleiben Eindrücke und Erinnerungen, oft ganz tief ins Innerste verbannt, als Schuld bestehen. Ihre Verzweiflungsschreie verhallend in der Unendlichkeit, werden doch hin und wieder im Unterbewusstsein wahrgenommen.

Sein Blick ruht auf den Dächern der Stadt, die für ihn zu Heimat geworden ist. Es gibt noch viele Seelen hier, denen man sich nähern kann, ihre Eignung zum kurzzeitig gemeinsamen Weg testen kann. Ihr Blut rettet seine Existenz, hält ihn am

Leben, oder wie immer man das nennen soll, was ihn weiter treibt, das ihn atmen und suchen lässt.

Durch die geöffneten Flügel des Fensters dringt etwas kühlere Nachtluft herein. Er schlingt das eine Ende des Umhanges um die Schulter und gleitet lautlos in die Nacht hinaus.

Als er aus dem dunklen Park gegenüber heraustritt, unterscheidet er sich kaum von den vorbei eilenden Menschen. Er wird kaum beachtet, kaum wahrgenommen.

Seit vielen Jahren nun hat er sich hier einen Freundeskreis aufgebaut, der aus teilweise wissenden, teilweise ahnungslosen Menschen besteht. Viele aus diesem Kreis sind durch ihn in die Gemeinschaft der Untoten herüber geführt worden, manche davon weggezogen oder in der Dunkelheit des Vergessens verschwunden.

Heute muss es wieder einmal geschehen! Er lechzt nach Auffrischung, aber auch nach einer, wenn auch vielleicht nur kurzen Gemeinsamkeit. Aber er lechzt auch nach intelligenten Gesprächen, Wortduellen mit hellem Geist und Niveau.

Er greift in die Tasche des Umhanges. Die Karte für das Opernhaus steckt zwischen den Falten.

Der Freischütz, eine Oper von Weber, kommt seiner Gemütsverfassung am Nächsten. Außerdem erlaubt das oft düstere Bühnenbild seiner Gestalt ein müheloses Eintauchen in die Dunkelheit des Raumes.

Das Raunen der Menschen, das Atmen rundherum, die umfassende Musik lassen sein Sinne umherirren im Raum, seine dunklen Augen suchen die anmutig geneigten Häupter schön gewachsener Frauen im Raum, die schlanken Hälse, gebogen um zu lauschen. Manchmal kräuseln sich feine Locken, die sich aus sorgfältig hochgesteckten Frisuren lösten, sie zittern leicht durch die Bewegung des Kopfes.

Dort, ja dort vorne bewegt sich ein zarter Hals, gekrönt von goldenen Locken, aufgesteckt zu einer entzückenden Frisur; nur ein langer Ohrring ziert die elegante Silhouette des Hauptes. Und das Licht der Seitenlampen lässt den Flaum auf der Haut wie einen zarten Strahlenkranz sichtbar werden.

Die Musik Webers füllt den Raum, lässt das Blut in seinem Körper rauschen. Eine ungeheure Erregung erfüllt sein Innerstes. Er hat sein Opfer gefunden, das Ziel seiner Wünsche und Begierde.

Der zweite Akt ist beendet, die Menschen strömen zu den erleuchteten Außenräumen um sich zu erfrischen. Er versucht diese schlanke, biegsame Gestalt nicht mehr aus den Augen zu lassen und er bahnt sich einen Weg durch die homogene Masse der sich leise unterhaltenden Besucher. Nun steht er hinter ihr, hört ihr helles gedämpftes Lachen und bewundert das zarte Zurückwerfen des Kopfes. Ihr Begleiter löst sich und strebt dem Buffet zu.

Diese Gelegenheit nutzt der dunkel gekleidete Mann hinter ihr und berührt sanft ihren Ellenbogen. Ihr erstaunter Blick, ihre Abwehr versinken in seinen dunklen Augen und sind in diesem Moment bereits verloren. Wie in Trance geht sie mit ihm ein paar Schritte in die dunkle Nische nebenan, kann den Blick nicht von ihm wenden. Sie spürt eine totale Kraftlosigkeit, Willensschwäche und lässt sich in seine Arme fallen, ohne sich wehren zu können. Er nähert sich ihrem Mund, sieht die vollen Lippen sich öffnen und lässt sich hinein fallen in diesen Strudel von lustvoller Begierde und Erleichterung.

Niemand hat es gemerkt, die Menschen plaudern weiter, trinken ihre Gläser leer. Nur der völlig ratlose Begleiter lässt seinen Blick suchend durch die Menge gleiten, in der Hand zwei Gläser mit Champagner. Der Mann in dem dunklen Umhang verdeckt jedoch die Lichtgestalt in seiner Umarmung gegen Blicke, sie wird unsichtbar für die anderen.

Seine Lippen gleiten nun langsam an ihrem schlanken, biegsamen Hals entlang und er vergräbt seinen Mund seitwärts darin. Es war nur ein kurzes Aufbäumen, ein kleiner Schmerz und sie betrat die Welt der Finsternis, der befristeten Ewigkeit. Irgendwann wird es vielleicht eine Erlösung geben.

Sich gegenseitig haltend, verschmolzen zu einer Einheit gehen sie auf den Ausgang zu und verschwinden in der Nacht.

Polizist des Todes

Mit Unterstützung seines elektronischen Einbruchs-Equipments, stellte das Tür-schloss des Mercedes CL 55 kein Problem für Jerome Gregor dar. Genauso wenig wie das chipkartengesteuerte Fahrberechtigungssystem. Schließlich war er Profi in Sachen Autodiebstahl.

Der V-Achtzylinder-Motor des CL 55 AMG schnurrte wie ein Schweizer Uhrwerk, als Gregor den Universal-Zündschlüssel drehte. Hinter der Sonnenblende fand er den Fahrzeugschein. Der Tank war zu dreiviertel voll. Er grinste. Der Besitzer dieses Schlittens musste ein Idiot sein, einen Schatz wie diesen nachts auf der Straße stehen zu lassen.

Fast geräuschlos rollte der Mercedes mit aus-geschalteten Scheinwerfern durch die mit spärlich gesäten Laternen bestückte Straße.

Erst zwei Ecken weiter ließ er die Scheinwerfer aufflammen. Innerhalb weniger Minuten hatte er den schlafenden Vorort durchquert und erreichte unbehelligt die Autobahn. Jetzt konnte ihn nichts mehr aufhalten. Die Prämie für diesen Luxus-Renner versprachen ein paar amüsante Wochen auf Kuba oder auf Tahiti. Gregor liebte die Karibik – und deren hübschen Mädchen.

Um diese spätnächtliche Zeit beherrschte er fast alleine die vierspurige Fahrbahn. Lediglich ein paar Nachteulen teilten mit ihm die gleiche Rich-tung an denen er mit fast 270 Sachen vorbei rauschte. Nach einstündiger Fahrt meldete sich seine Blase. Bis zur Grenze war es noch etwa eine Dreiviertelstunde. Aber solange würde er es nicht mehr aushalten. Grundsätzlich vermied er es mit einer geklauten Kiste auf einem belebten Tankstel-lenrastplatz zu halten. Er bevorzugte kleine Rastplätze ohne Tankstelle und Restaurant. Im Licht der Scheinwerfer erstrahlte das Schild: „Rastplatz Grünweide".

Gregor bog von der Autobahn und ließ das Fahrzeug bis zur Mitte des leeren Rastplatzes rollen. Zwei einsame Laternen verteilten gleichmütig ihr orangefarbenes Licht.

Behände sprang er aus dem Wagen, warf einen kurzen Blick in die Runde und nickte zufrieden. Niemand hier. Das WC-Häuschen in einigen Metern Entfernung ignorierte er und verschwand stattdessen hinter einen der zahlreichen Büsche am Seitenrand.

Als er seinen Hosenstall wieder schloss streifte ihn flüchtig ein Lichtkegel. Instinktiv duckte sich Gregor hinter dem dichten Blätterwerk des Buschs. Eine Polizeistreife fuhr langsam auf den Rastplatz herein und hielt hinter dem gestohlenen Mercedes. Der Beifahrer des Polizeifahrzeuges leuchtete mit seiner Taschenlampe kurz über die Büsche - dann stieg er aus. Gregor fluchte leise. Jetzt bereute er seinen Entschluss angehalten zu haben. Alles was er nun tun konnte war abwarten und hoffen, dass der Besitzer den Diebstahl seines Mercedes noch nicht bemerkt und gemeldet hatte. Der Beamte mit der Taschenlampe, an der eine grellgelbe Handschlaufe befestigt war, schlenderte zu dem Mercedes und leuchtete hinein.

„Hey, der Schlüssel steckt noch!", rief er seinem Kollegen hinter dem Steuer zu. „Ziemlich leichtsinnig. Wahrscheinlich ist der Fahrer auf der Toilette. Ich geh' mal nachsehen." Aus dem geöffneten Fenster des Streifenwagens drang das knisternde Rauschen des Polizeifunks zu Gregor herüber. Ihm war klar dass der im Auto verbliebene Beamte das Kennzeichen überprüfen würde. Er musste handeln. Der Beamte mit der Taschenlampe verschwand in dem WC-Häuschen.

Gregor holte tief Luft, trat aus dem Gebüsch, strich das lange ungepflegte Haar nach hinten glatt und ging so unbefangen wie möglich auf den Polizeiwagen zu. Jetzt hieß es die Nerven behalten. Ein freundliches „Guten Abend!", ein gewinnendes Lächeln, eine kurze Entschuldigung, dass er lieber die Natur statt diese stinkenden Klos bevorzugte, dann lässig einsteigen und unaufgeregt davon fahren. Alles kein Problem.

Es waren nur noch wenige Schritte bis zum Auto als der Polizist plötzlich die Tür öffnete und zu seinem Kollegen, der soeben aus der Toilette kam, rief: „Hey, Martin, der Wagen hier wurde vor ungefähr einer halben Stunde als gestohlen gemeldet. Hab's gerade rein bekommen."

Gregor blieb abrupt stehen. Verdammt, hier half kein gewinnendes Lächeln mehr, so viel war klar! Für einen kurzen Moment überlegte er sich wieder ins Gebüsch zu schlagen. Doch in diesem Moment erblickte ihn der Polizist, der noch in der Nähe des Toilettenhäuschens stand. Gregor spurtete los. Innerhalb von wenigen Augenblicken erreichte er das Auto, riss die Tür des 55er CL auf, hechtete hinter das Lenkrad, drückte auf den Starter, schlug den Automatikhebel hart nach hinten – und gab Gas. Mit einem kurzen Ruck übertrug der Motor seine beeindruckenden 500 PS auf die Hinterachse und beschleunigte den schweren Wagen mit kreischenden Reifen.

Der Polizist sprang auf die Fahrbahn und richtete den Lichtstrahl der Taschenlampe auf das heran brausende Fahrzeug. Dann hob er den anderen

Arm zum Zeichen, das der Fahrer stoppen sollte. Für einen Moment schloss Gregor geblendet die Augen. Dann hörte er ein hässliches Krachen, als der Polizist mit dem Kopf auf die Motorhaube aufschlug. Der Beamte wurde wie eine Puppe empor geschleudert, rutschte über das Dach des Mercedes und landete hart auf dem Asphalt.

Der AMG flog mit 280 Sachen über die linke Spur der Autobahn. Vereinzelt überholte er andere Fahrzeuge, die sich im Vergleich zu ihm kaum von der Stelle rührten. Nervös suchte sein Blick immer wieder den Rückspiegel – doch kein Blaulicht tauchte darin auf. Es schien als hätte der andere Polizist doch nicht die Verfolgung aufgenommen. Wahrscheinlich kümmerte er sich um seinen verletzten Kollegen.

Allmählich ließ seine Nervosität nach. An der Windschutzscheibe klebte verschmiertes Blut. Gregor betätigte die Wischanlage und lächelte. Es scherte ihn einen Dreck ob der Bulle tot oder am Leben war. Ihm machte die Delle in der Motorhaube mehr Sorgen. Scheiße, das würde den Preis drücken. Aber darüber konnte man sich später Gedanken machen. Zuerst musste er von der Autobahn verschwinden, denn es war nur eine Frage der Zeit, bis die Bullen alle Zu- und Abfahrten unter Kontrolle hatten.

Er sah auf die Uhr neben dem Tachometer. Noch eine knappe Stunde zur Grenze – wenn er auf der Autobahn bliebe. Doch hier würden sie ihn schnappen, so viel war sicher. Dann lieber etwas länger unterwegs, dafür aber nicht erwischt werden.

An der nächsten Ausfahrt verließ er die Autobahn und folgte der Landstraße, die durch dicht bewachsenen Wald führte. Hier würde ihn kein Helikopter entdecken, denn sicherlich würden sie einen einsetzen.

Der Polizist stand unvermittelt auf der Straße im hellen Scheinwerferlicht. Die Uniform ramponiert, das Gesicht blutverschmiert. In der Hand hielt er die Taschenlampe mit der gelben Schlaufe. Der Lichtstrahl fiel grell auf Gregors verkniffenes Gesicht. Mit beiden Füßen trat er kraftvoll auf das Bremspedal und ließ die Reifen qualvoll aufschreien während Gummi hart über Asphalt rieb. Der Mercedes kam schlingernd zum stehen. Weißer Qualm stieg von den heiß gebremsten Reifen wie Bodennebel in die Höhe. Ungläubig starrte Gregor auf den Polizisten vor ihm, der jetzt behäbig den Lichtstrahl der Taschenlampe hob und senkte. Es war wie ein Signal, dass sagte: Steig aus, Kumpel, das Spiel ist vorbei!

Gregor war fassungslos. Der Kerl konnte den Aufprall unmöglich überlebt haben. Doch noch unerklärlicher war die Frage, wie zum Henker er so schnell hier sein konnte. Die einzige plausible Antwort auf diese Frage war ein Hubschrauber. Aber wo zur Hölle soll das Ding denn gelandet sein? Gehetzt blickte er in die Runde. Außer den dicht stehenden Bäumen in Reichweite der Scheinwerfer war nichts zu erkennen. Wie auch immer er das angestellt haben mochte, ihn hier so schnell zu stellen, er schien allein zu sein. Und wenn dem so war, würde er mit ihm fertig werden – zum zweiten Mal.

Mit einem metallischen Klicken ließ er den Sicherheitsgurt einrasten. Dann trat er das Gaspedal bis zum Anschlag durch. Der Wagen beschleunigte wie schon zuvor auf dem Rastplatz mit atemberaubender Schnelligkeit. Doch diesmal würde der Bulle ganz sicher dran glauben. „Verrecke, du Bastard!", schrie er hysterisch und stützte sich mit aller Kraft am Lenkrad ab. Doch kurz bevor das Auto den Polizist erfasste, wurden die Konturen des Mannes plötzlich unscharf, lösten sich in ihre Bestandteile auf und transformierten zu einem imposanten Hirsch. Gregor riss ungläubig die Augen auf.

„Was zum . . .!"

Mit einem dumpfen Knall schlug das große Tier hart gegen die Windschutzscheibe und landete rumpelnd auf dem Dach des Mercedes. Gregor bremste. Das Fahrzeug kam nach wenigen Metern zum stehen und ließ den toten Tierkörper wie einen nassen Sack vom Dach über die Motorhaube zurück auf die Straße rutschen, wo er regungslos liegen blieb.

Sein linkes Auge brannte. Der explodierte Airbag hatte ihm die rechte Hand gegen das Gesicht geschleudert. Ein dünner Rinnsal Blut sickerte ihm aus der Nase und tropfte auf den hellen Ledersitz. Stöhnend stieß Gregor die Fahrertür auf und ließ sich schwerfällig auf die Straße plumpsen. Seine Beine zitterten, als er sich langsam erhob. Verständnislos starrte er auf den toten Hirsch. Wo zur Hölle steckte dieser verdammte Bulle? Angespannt suchte sein Blick die Straße nach dem Mann ab. Nichts. Der Beamte war wie vom Erdboden verschluckt. Dieser verdammte Scheißkerl! Hoffentlich schmorte er endlich in der Hölle. Fluchend stapfte er zu der Front und begutachtete den Schaden am Fahrzeug. Die Windschutzscheibe war auf der Beifahrerseite eingedrückt, aber trotz der vielen Risse noch aus einem Stück. Der rechte Scheinwerfer baumelte zersplittert am Kabel herunter und quer über die Kühlerhaube verlief eine hässliche Schramme.

„Verfluchter Mist!"

Für den Schrott würde er nur noch die Hälfte kriegen – wenn überhaupt. Ach, Scheiß drauf!, dachte Gregor trotzig und machte sich daran den schweren Tierkadaver von der schmalen Straße zu zerren. Dann riss er den herunterhängenden Scheinwerfer ab und warf ihn auf den Beifahrersitz. Nichts was man nicht wieder reparieren konnte, sagte er sich grimmig und fuhr los.

Ohne den zweiten Scheinwerfer erschien der Wald um einiges dunkler. Das einseitige Licht verzerrte die schnell vorbeihuschenden Schatten der Bäume zu grotesken Mustern. Er schaltete auf Fernlicht, um den fehlenden Scheinwerfer zu kompensieren. Auch wenn ihm der Schreck noch immer in den Knochen saß geizte er nicht mit dem Tempo. Er durfte keine Zeit mehr verlieren, unter keinen Umständen. Er schaltete das Radio ein und versuchte den unheimlichen Vorfall zu verdrängen.

Der Wald nahm kein Ende. Endlos ging es nonstop geradeaus. Doch langsam begann ihn das stoische Geradeausfahren zu ermüden. Seine Konzentration ließ merklich nach. Er ließ das Fenster herunter gleiten. Ein bisschen frische Luft würde wieder für einen klaren Kopf sorgen.

Der Scheinwerfer schälte ein Schild aus der Dunkelheit.

Grenze: 3 Km. Gregor lächelte erleichtert.

Kurz darauf entdeckte er den Polizist, der in einiger Entfernung am Straßenrand stand. Die Uniform hing zerrissen an dem blutig geschundenen Körper herunter, das Gesicht aufgequollen, als wäre er von einem Preisboxer nach allen Regeln der Kunst vermöbelt worden. Wie in Zeitlupe hob der Polizist die Taschenlampe. Gregors Fuß löste sich reflexartig vom Gaspedal und der Wagen verlor an Tempo.

Doch dann schüttelte er den Kopf. Irgendwie versuchte man ihn hier mit einer genialen Augenwischerei zu schnappen – davon war Gregor jetzt überzeugt. Aber was auch immer für ein Spiel hier gespielt wurde, er würde dem ein Ende bereiten. Denn er hatte unter seinem Hintern ein gut zwei Tonnen schweres Argument das diese Begegnung zu seinen Gunsten entscheiden sollte – und zum letzten Mal.

Mit wildem Geheul ließ er seinen Fuß auf das Gaspedal fallen und trat es bis zum Anschlag durch. Die Sportautomatik schaltete ohne Verzögerung zurück. Der Mercedes beschleunigte mit aufheulendem Motor und schoss mit tödlicher Präzision auf den Polizisten zu.

Hab dich . . .

Am nächsten Morgen musste die Feuerwehr den gestohlenen Mercedes in zwei Teile schneiden der sich bei dem heftigen Aufprall gegen eine ausgewachsene Tanne wie ein Akkordeon zusammen geschoben hatte. Anders hätten sie den Fahrer nicht bergen können, der tot hinter dem Steuer klemmte. „Wahrscheinlich wich er einem Wild aus", vermutete einer der anwesenden Polizisten achselzuckend. „Auf jeden Fall fuhr er zu schnell", sagte ein anderer. „Ich nenne das ausgleichende Gerechtigkeit", sagte ein Dritter. „Schließlich hat der Mistkerl Martin auf dem Gewissen. Hat ihn einfach über den Haufen gefahren und liegen gelassen . . ."

Was den Beamten jedoch am meisten Kopfzerbrechen machte, nachdem sie Jerome Gregors Leichnam freigelegt hatten, war eine Stabtaschenlampe mit grellgelber Halteschlaufe, die tief in seinem grotesk auseinander klaffenden Mund steckte.

Ihr Licht brannte immer noch.

Schwarze Blumen

Seit einigen Tagen stand er abends immer auf der anderen Straßenseite und schaute zu ihr hinüber.

Sie besaß einen Blumenstand an der Ecke beim Krankenhaus, den sie immer erst nachmittags aufmachte, weil da die Besucher an ihr vorbeiströmten und viele einen kleinen Blumengruß mitnahmen.

Seit einigen Tagen, immer wenn es dunkel wurde, sah sie ihn vom Ende der Straße langsam herbei schlendern. Er hatte noch nie Blumen bei ihr gekauft, das würde auch so gar nicht zu ihm passen, stellte sie für sich fest. Er war groß und hager, hatte einen schwarzen Hut tief ins Gesicht gezogen und einen langen schwarzen Mantel an. Er lehnte sich an die Straßenlaterne und zündete sich jedes Mal eine Zigarette an. Nach einer Weile und nach drei Zigaretten, die er immer mit dem linken Fuß am Boden auslöschte ging er einfach wieder.

Auch heute stand er wieder da und hielt eine Zigarette in der Hand. Welche war es nur? Die zweite oder die dritte?

Sie wurde von zwei Kunden abgelenkt, die Blumen für Patienten im Spital kauften und als sie wieder hinüber sah, war er weg.

Die Straßenbeleuchtung warf ein ringförmiges Licht auf den gegenüberliegenden Gehsteig, doch der war leer.

Er war wieder einfach gegangen. Doch sie spürte seinen Blick aus diesen dunklen, traurigen Augen, die ein geheimnisvolles Feuer zu haben schienen, noch immer.

Es war heute schon spät, es wird sicher kein Besucher mehr für das Krankenhaus kommen. Sie begann nun den Stand abzubauen und die Blumen auf die Ladefläche des kleinen Wagens zu legen. Da sah sie sie. Es war eine schwarze Rose, sie lag einfach da.

Sie nahm sie in die Hand und ein betörender, schwerer Geruch stieg empor.

Sie konnte sich gar nicht erinnern, dass sie auch schwarze Rosen mit gekauft hätte, hatte solche Rosen noch nie gesehen.

Sie fuhr nach Hause, sie war müde und es graute ihr vor der leeren Wohnung. Sie lebte alleine, hatte früher einmal einen Partner und eine Katze, doch die waren irgendwann aus ihrem Leben verschwunden.

Sie fuhr den Wagen in die Garage und schloss das Garagentor von innen und wollte gerade zum Aufgang in das Stiegenhaus gehen als sie ihn sah. Er stand da, eine schwarze Blume in der Hand und lächelte. Er hatte den Hut abgenommen und sie konnte sein Gesicht sehen. Es war ein blasses, längliches Gesicht mit zwei dunklen brennenden Augen, tief in den Höhlen liegend. Sie wollte vor lauter Angst losschreien.

Doch er verbeugte sich und trat auf sie zu.

„Bitte haben sie keine Angst, ich möchte ihnen nichts tun, ich will ein Freund sein. Wusste nicht, wie ich sie ansprechen soll, getraute mich einfach nicht.“

Er streckte seine Hand vor und überreichte ihr die Blume. Es war die gleiche Blume, wie jene, die sie im Auto fand.

Eigentlich sollte sie ihn wegschicken, oder vielleicht um Hilfe rufen? Doch wie er so da stand, mit der Blume in der Hand und ein kleines Lächeln auf den schmalen Lippen, kam er ihr so unschuldig und harmlos vor.

„Ich danke ihnen für die Blume, doch ich bin müde und möchte schlafen gehen. Wir könnten ja in den nächsten Tagen einmal darüber sprechen, oder auf einen Kaffee gehen, gegenüber von meinem Blumenstand ist ein nettes Kaffeehaus!?“ es war ein halbes Einverständnis mit einem Fragezeichen dahinter.

„Ja, gut, ich danke ihnen.“

Sie öffnete noch einmal das Tor der Garage und er ging langsam hinaus. Seltsam, sie konnte draußen seine Schritte gar nicht hören.

Als sie in ihrer kleinen Dachwohnung war, erschien ihr diese Begegnung unwirklich, fast wie ein Traum. Wie war er nur in die Garage gekommen, woher wusste er, wo sie wohnte? Sie schüttelte den Kopf und nahm sich vor, die Geschichte zu vergessen und auch nicht mit ihm ins Kaffeehaus zu gehen.

Sie lag dann noch eine Weile hellwach auf ihrem Bett. Es war sehr warm im Raum, sie stand auf und öffnete die Balkontüre einen Spalt und legte sich wieder hin und schlief dann doch ein.

Sie erwachte, denn irgendetwas lag neben ihr im Bett. Sie griff danach, es fühlte sich kühl und weich an. Sie setzte sich auf und machte Licht. Das ganze Bett war mit diesen schwarzen Blumen bedeckt, dazwischen grüne Blätter. Und am Bettende stand er.

Er hatte wieder dieses kleinen zaghafte Lächeln auf seinen schmalen Lippen und breitete seine Arme in ihre Richtung aus.

Ich träume, war ihr erster Gedanke. Doch es war alles so real! Er kam um das Bett herum, setzte sich neben sie und löschte das Licht. Er nahm ihr beiden Hände in die seinen und küsste sie. Sie ließ es geschehen. Als er sie dann in seine Arme nahm, ihr wunderbare Worte zu flüsterte, sie umfing und sie seine Nähe spürte, war jeder Widerstand gebrochen, sie ließ sich fallen und gab sich diesem wunderbaren Gefühl hin. Sie glaubte über der Welt zu schweben, am Mond vorbei in silberne Wolken zu tauchen und auf schwarzen Pferden am Himmel zum Horizont zu reiten. Es war schön und schaurig zugleich.

Der plötzliche kleine Schmerz auf ihrem Hals wurde von ihr kaum bemerkt, er erschien ihr wie ein langer, süßer Kuss.

Er blieb bis zum Morgengrauen, zeigte ihr eine wunderbare Welt der Gefühle. So plötzlich wie er erschienen war, verschwand er wieder, nur der Vorhang bei der Balkontüre wehte in den Raum und verriet, wohin er gegangen war.

Sie verfiel in einen langen tiefen Schlaf und erwachte erst wieder gegen Mittag.

Ab nun baute sie ihren Blumenstand erst immer am Abend beim Krankenhaus auf, wenn die Dämmerung einsetzte und die Straßenlaternen brannten. Sie hatte sich ein wenig verändert. Sie war blässer als vorher, hatte immer einen leichten Schal vorne am Hals, der nach hinten herunterhing und bei leichten Windstößen ein wenig wehte.

Sie hatte auch immer schwarze Blumen in ihrem Repertoire, doch wurden die nicht sehr oft gekauft und welkten dann dahin.

Tagtäglich konnte man den dunkel gekleideten Mann auf der gegenüberliegenden Straßenseite wartend stehen sehen, der ihr dann half den Stand abzubauen und der mit ihr nach Hause fuhr.

Die Menschen wunderten sich nur, dass die kleine Blumenfrau niemals zu altern schien, noch nach Jahren, wenn sie mancher wieder sah, sah sie gleich jung aus und hatte sich nicht verändert.

Sie schien auch sehr glücklich zu sein, sie hatte immer ein kleines Lächeln auf ihren Lippen, die gar nicht schmal waren, sondern voll und prall. Das Rot ihrer Lippen stach auffallend aus ihrem blassen Gesicht und auch ihre Augen hatten einen eigenartigen Glanz.

Sprich mit mir

ein Blick fiel auf die analoge Uhr an der Wand. Die Zeit schien heute förmlich zu kriechen. Der einzige Lichtblick war die Mittagspause, die in wenigen Minuten beginnen würde. In mickriger Vorfreude sperrte ich ganz gemächlich die Arbeitsstation des Computers ab, holte mein Lunch-Paket heraus und legte es für die Pause zurecht.

Mein Blick wanderte zum Fenster und ich stützte für die letzten Minuten meinen Kopf auf den Händen ab und betrachtete den Hof. Dort erblickte ich die hübsche Kollegin aus dem Nebenbüro. Sie trug dieses Mal eine sehr enge Jeans, ein weißes Top, unter dem sich fein ihr BH abzeichnete, und ihre mir bereits bekannten, weißen, spitzen Pumps, die so fantastisch geformt waren, dass diese allein schon darauf hinwiesen, welche Klasse diese Frau besaß. Sie trug diese Schuhe häufiger, besonders dann, wenn es zum Wochenende ging.

So manches Mal stellte sie sich demonstrativ mit dem Rücken vor mich hin und hielt Smalltalk mit ihrer Kollegin, doch glaubte ich sicher sein zu können, dass sie mir einfach nur ihren knackigen Po vor die Nase halten wollte. Ich war mir nicht sicher, ob es einfach daran lag, dass sie es liebte, ihren Mitarbeitern den Kopf zu verdrehen oder ob sie tatsächlich etwas von mir wollte. Bisher hatten wir uns noch Nichtmals in die Augen geschaut, geschweige denn in irgendeiner Form miteinander geredet.

Schwer riss sich mein Blick von ihr los. Ich schnappte mein Lunch-Paket und ging nach draußen auf den Hof. Dort standen überwiegend die Raucher herum, die sich lieber für eine Zigarette denn für ein Sandwich entschieden. Sie stand nicht weit vom Eingang entfernt und unterhielt sich wieder mit einer Arbeitskollegin. Heute wollte ich einmal den Spieß umdrehen und etwas ganz Unerwartetes tun. Andere hätten in diesem Moment vielleicht daran gedacht, dass ich sie anspreche oder zum Essen einlade, aber in meinem Fall war es nur so, dass ich mich nun demonstrativ hinter sie stellte, um wieder einmal den schönen Ausblick auf ihren Rücken, ihre glatten Haare und diesen unbeschreiblichen Po zu erhalten. Ich wunderte mich, wieso dies ausschließlich mir aufzufallen schien, denn die anderen Kollegen besaßen keinen Blick für diese Frau.

Plötzlich wurde ich aus meinen Gedanken gerissen. Jemand rief etwas und zeigte zum Himmel. Ich erkannte einen silbernen oder weißen Helikopter, der mit einer unglaublichen Geschwindigkeit auf uns zuraste und innerhalb von zwei Sekunden zu uns herangeeilt und über unsere Köpfe hinweg gerast war.

Niemand wollte so recht seinen Augen trauen, denn kein Helikopter dieser Welt konnte diese Geschwindigkeit erreichen. Unsere Köpfe verfolgten dieses seltsame Gefährt, wie es nun seine Geschwindigkeit verlangsamte und eine Schleife drehte. Erst jetzt fiel mir auf, dass eine Art Seil an dem Hubschrauber befestigt war, an dem etwas hing, das wie ein Skelett aussah.

»Was ist das?«, hörte ich Georg, meinen Arbeitskollegen, rufen, der sich gerade eben zu mir gestellt hatte und gedankenlos mit seiner Brötchentüte knisterte. Wieder ein anderer meinte, dass der Helikopter einfach aus dem Nichts aufgetaucht sei, als wäre er her gebeamt worden.

»Ein Helikopter«, meinte ich zu ihm, während ich mich selbst dabei ertappte, dass es mit dieser Betonung eher wie eine Frage an mich selbst klang.

Gebannt schauten wir dem Manöver zu, wie der Helikopter eine Schleife zog und noch einmal über unsere Köpfe hinweg flog, doch dieses Mal fiel das Skelett samt dem Seil in die Menge. Mehrere Knochen polterten zu Boden, hüpften noch einmal auf, splitterten oder sprangen hoch. Einige Kollegen schützten ihr Gesicht, aus Angst, die Splitter könnten in ihre Augen schießen, während ich innerlich stutzte und gebannt dem Geschehen zusah, denn ich war ein wenig darüber verwundert, wieso sich dieser Pilot in der ganzen Welt gerade meine Mittagspause und diesen Hof aussuchte, um einfach nur blanke Knochen abzuwerfen.

Jetzt war der Moment gekommen, in dem die Kollegen in Panik geraten konnten und man die ersten Schreie vernahm. Viele liefen nun zurück ins Gebäude, da sie den Piloten als verrückt oder feindlich einschätzten, was ihnen auch nicht zu verübeln war, doch ich blieb weiterhin wie gebannt auf meinem Fleck stehen und schaute dem Treiben zu. Nun erkannte ich, dass der Pilot Schwierigkeiten bekam und mit seinem Fahrzeug ins Trudeln geriet. Es wirkte so, als würde er die Beherrschung über sein Gefährt verlieren… die Nase wies bereits zu weit nach unten und ich erkannte deutlich, wie er versuchte, den Helikopter wieder unter Kontrolle zu bringen, aber er schaffte es nicht und stürzte ab.

Eine große Explosion erschütterte die Gebäude um uns her. In der Nähe zersprangen sofort einige Fensterscheiben. Der Helikopter war in einem der

Bürobungalows, in ungefähr einem halben Kilometer Entfernung, gestürzt und hat ihn vermutlich gänzlich zerfetzt. Mehrere Betonbrocken flogen durch die Luft. Rauch stieg auf. Mittlerweile waren alle Personen, außer mir und Georg, ins Haus gerannt. Sie hatten befürchtet, dass die Explosion unser Gebäude einreißen oder gar zur Explosion bringen könnte.

Die Druckwelle reichte jedoch exakt bis zu unserem Hof und verblasste in einen seichten Windzug unmittelbar vor meinem Gesicht. Sie hatte genau bis zu dem Fleck gereicht, an dem ich stand. Dies machte mich umso stutziger und meine erneute Verwunderung gesellte sich zu all den anderen seltsamen Zufällen, die gerade geschehen waren. Bevor ich jedoch weiter darüber nachdachte, rannte ich los! Ich wollte als einer der ersten am Unfallort sein und den verrückten Piloten sehen – falls noch irgendetwas von ihm übrig war. Mein Gefühl sagte mir, dass er gewiss kein Mensch war. Allein das Aussehen des Helikopters samt seiner Eigenschaften wirkte sehr befremdlich und sogar ein wenig außerirdisch.

Um zum Unfallort zu gelangen, musste ich über den Parkplatz mit den Gebrauchtwagen des anwohnenden Händlers laufen. Doch kaum erreichte ich den Parkplatz, sah ich, dass sich viele der Autos bewegten, hupten und sich, wie von Geisterhand verursacht, ständig das Licht ein- und ausschaltete. Zuerst hatte ich geglaubt, dass in ihnen Menschen saßen, die einfach von dem Ort fliehen wollten, aber dann realisierte ich ziemlich schnell, dass niemand in ihnen saß und eine unsichtbare Kraft dafür sorgte, dass sie sich selbstständig bewegten. Ein Mann rannte in entgegen gesetzter

Richtung an mir vorbei und seine Panik wurde nur noch geschürt, als er die hupenden Autos erblickte. Wie in einer Zeitlupe rannte er an mir vorbei, schaute mir mit seinen entsetzten Augen direkt ins Gesicht, nur um danach wieder beschleunigt weiter zu rennen.

Eigentlich hätte mir dies genügend Anlass geben sollen, ebenfalls umzukehren und das Weite zu suchen, aber ich wollte erst einmal am Unfallort ankommen und nachschauen, was vorgefallen war.

Kaum eine Minute später hatte ich es geschafft: Ich sah den Bungalow einer Bürofirma, in dessen Dach nun der Helikopter steckte. Flammen schlugen aus dem Gebäude und dicke Rauchwolken stiegen aus einigen der zersprungenen Fenster heraus.

Mein Blick fiel sofort auf eine Gestalt, die sich am Eingang des Bungalows zu schaffen machte. Das, was ich nun sah, als sich die Gestalt langsam aus der Rauchwolke schälte, ließ mir das Blut in den Adern gefrieren! Es war tatsächlich ein Alien! Und dem nicht genug, denn es sah wirklich nicht so aus, als wäre es in friedlicher Absicht gekommen. Als es die Tür aufriss und ins Freie trat, sah ich seine erschreckende Erscheinung in ganzer Gestalt. Er schien überwiegend aus Kopf zu bestehen, denn dieser wies allein eine Höhe von vielleicht 1,50 Meter auf und wurde von zwei stämmigen, kurzen Beinen gestützt, dessen Knie nach hinten wiesen und gebogen waren. Seine Arme wirkten nicht kräftig, aber bestanden vermutlich ausschließlich aus dicken Sehnen. Die Haut war beinahe schwarz und wirkte sehr metallisch. Der schrecklichste Moment war, als er sein Maul aufriss und die größten und spitzesten Zähne zum Vorschein kamen, die ich jemals in meinem Leben gesehen hatte. Jeder einzelne Zahn war mit Sicherheit über 30 cm lang und wirkte höllisch spitz.

Dieses rätselhafte Wesen suchte die Umgebung ab und im nächsten Moment trafen sich unsere Blicke. Sie bohrten sich ineinander und seine großen, dunklen Augen funkelten wild und entschlossen. In seinen Augen las ich seine Botschaft: er war wegen mir gekommen.

Jetzt kam einer der Momente, in dem man erkennt, dass man vielleicht doch auf jene Menschen hätte hören sollen, die einem mit Panik verzerrten Gesichtern entgegengekommen waren und vom Geschehen fortrannten und nicht zu ihm hin. Schnell drehte ich mich um und lief so schnell ich konnte, nur weg von diesem seltsamen Ding. Im gleichen Augenblick hörte ich Schreie und war mir ziemlich sicher, dass dieses Untier aus einer anderen Welt eben mal eine Frau rücksichtslos zerrissen und verspeist hatte.

Für einen kurzen Augenblick erinnerte ich mich an eine Auseinandersetzung, die ich einmal mit einem Wolf hatte, der überdimensional groß war und eine kleine Stadt in Panik versetzte. Er war in der Lage, Menschen mit einem Biss zu verschlingen. Dieses Mal jedoch schien der Wolf ziemlich harmlos gegen diesen Alien zu sein, denn es war um ein Vielfaches gewandter und schneller, denn bevor ich mich versah, stand es schon vor mir, obwohl es sich gerade eben noch hinter mir befunden hatte.

Mein Blut schoss mir in den Kopf und meine Ohren summten. Ich zitterte am ganzen Körper und Angst stieg in mir hoch. Eines war nun sicher, dieses Ungetüm war aus einer anderen Welt gekommen, um mich zu vernichten!

Georg war längst verschwunden. Er hatte zugesehen, dass ihn das alles nicht betrifft und ich konnte es ihm überhaupt nicht verübeln, denn gegen diesen Gegner hätte niemand helfen können, wenn er gerade nicht rein zufällig eine Panzerfaust in seinem Aktenkoffer gehabt hätte. Langsam schloss ich mit meinem Schicksal ab, denn der Gegner war übergroß und ich konnte ihm nichts entgegensetzen. Seine Gewandtheit, seine Gefräßigkeit und Kälte schienen mir überdimensional groß und unüberwindbar. Langsam schritt der Alien auf mich zu und hob seinen Arm. In seinen Klauen erkannte ich eine metallische Scheibe. Als er ausholte, ahnte ich, dass er mich mit dieser Scheibe töten wollte. Vermutlich warf er sie wie einen Diskus und würde damit leicht meinen Kopf von den Schultern trennen.

Gerade als er zum Wurf ausholte, geschah etwas sehr Seltsames. Ich befand mich plötzlich an einem anderen Ort! Alles um mich herum hatte sich blitzschnell verwandelt und ich fand mich vor dem Schaufenster irgendeines Geschäfts wieder. Ich benötigte einige Augenblicke, um mich zu orientieren und dann erinnerte ich mich, wo ich mich befand: Dieses Geschäft . . . dieses Schaufenster . . . diese Tür . . . Ich war in einer anderen Zeit, das heißt in meiner eigenen Vergangenheit. Nun fiel es mir wie Schuppen von den Augen. Hier hatte alles begonnen! An diesem Ort hatte ich eine Entscheidung in meinem Leben getroffen, die den weiteren Verlauf meiner eigenen Geschichte so beeinflusst hatte, dass es zu der Auseinandersetzung mit diesem Alien kommen musste. An diesem Tag hatte ich es versäumt, einen Wissenschaftler aufzusuchen, der in diesem Geschäft lebte, obwohl ich bereits einen Termin mit ihm hatte. Er beschäftigte sich mit der Entwicklung eines so genannten Emotion-Pads, einer Neuentwicklung, die es ermöglichen sollte, Gefühle in Menschen zu verstärken. Ich hatte ihm damals nicht wirklich geglaubt und mich im Verlaufe des Tages darauf geeinigt, diesen Unsinn nicht weiterzuverfolgen und den Termin mit ihm abgesagt. Gleichzeitig erinnerte ich mich auch, dass die Anwesenheit des Aliens die Autos in Bewegung gebracht hatte. So schlussfolgerte ich, dass seine Anwesenheit auch dafür gesorgt hatte, dass es zu dieser Zeitverschiebung gekommen war. Doch was dieser Alien nicht wissen konnte war, dass ich nun die Möglichkeit besaß, die Zukunft, ja, meine Zukunft umzugestalten. Nie wieder würde ich dieses fiese Ding sehen müssen und hoffte, heute richtig zu handeln und meine Erinnerungen an die Zukunft zu verändern . . .

Ich riss die Tür auf und betrat das Geschäft. Zumeist verdiente der Wissenschaftler sein Geld mit diesem Bio-Laden, doch in seinem Hinterzimmer befand sich sein Labor, in dem er seinen persönlichen Forschungen nachging. Er glaubte, dass die Entwicklung eines E-Pads die technische Antwort auf all den psychologischen Kram mit seinen Therapien und endlosen Spekulationen sein würde. Es hatte mich stets interessiert, wenn ein Mensch in der Lage war, eine Erfindung zu entwickeln, die in einem solchen Umfang hilfreich sein würde, doch in seinem Fall hatten einfach meine Zweifel gesiegt. Ich konnte mir absolut kein Gerät vorstellen, dass die Gefühle eines Menschen verstärken könnten. Normalerweise wäre dazu doch ein Psychologe oder ein Mensch mit psychologischem Geschick notwendig.

Als ich eintrat, begrüßte mich der Wissenschaftler sehr freundlich und herzlich. Er schüttelte meine Hand immer wieder und wies mich an, ihm ins Labor zu folgen. Vermutlich war ich genau an dem Zeitpunkt gelandet, an dem unser Treffen normalerweise stattgefunden hätte.

Im Labor holte er einen Holzkasten hervor. Langsam öffnete er ihn und präsentierte mir seinen E-Pad. Es war ein beinahe herzförmiger Gegenstand, der die Konsistenz eines Nadelkissens besaß und von einer Art Gummischicht überzogen war. Mit dem Finger strich ich über das beigefarbene Material und es kribbelte sofort in meinen Fingern.

»Das ist mein E-Pad.«, verkündete er stolz und holte es für mich langsam ganz aus der Schatulle heraus. »Sie müssen wissen, dass ist eine revolutionäre Erfindung.«

»Funktioniert es wirklich?«, fragte ich ungläubig. »Und wie haben Sie es entwickelt?«

»Das darf ich Ihnen nicht mitteilen. Das Patent ist noch nicht angemeldet und beglaubigt, aus diesem Grund möchte ich darüber noch absolutes Stillschweigen bewahren. Später werden wir über die technischen Details sprechen. Sie sollten jetzt einmal dieses E-Pad ausprobieren und mir mitteilen, was es in Ihnen bewirkt . . .«

Als er mir das Pad gab, sah ich doch ein Glitzern in seinen Augen, als wüsste er genau, was nun folgen würde. Langsam nahm ich es entgegen und platzierte es in meiner Hand. Plötzlich gab es einen ohrenbetäubenden Knall und wir hörten Glas bersten. Die Schaufensterscheibe war vermutlich zerbrochen worden und meine Nackenhaare stellten sich sofort auf! Dann hörte man ein lautes Poltern im Verkaufsraum und ließ Fürchterliches ahnen... und schon schoss es mir durch den Kopf, was geschehen war: Dieses verdammte Alien war mir tatsächlich in die Vergangenheit gefolgt!

Der Wissenschaftler riss seine Augen auf und wurde augenblicklich ganz blass vor Schreck. Ich schnappte mir seinen Arm und fragte nach einem Hinterausgang. Er war irritiert und konnte nicht so recht mit seiner Sprache heraus. Er zitterte am ganzen Leib und nur langsam hob er seinen Arm und wies auf eine Tür weiter rechts von uns. Schon hatte ich ihn hinter mich hergezogen und lief in den nächsten Raum, in der Hoffnung, dort gab es einen weiteren Ausgang. Die Benutzung des vorderen Eingangs war mit Sicherheit nicht mehr möglich... Ich entdeckte dafür ein großes Fenster. Schnell öffnete ich es und wir sprangen hinaus. Dann liefen wir einfach nur noch um unser Leben!

Nach einer halben Stunde hatten wir es bis zu einem Waldstück geschafft. Dort ließen wir uns auf einem abgesägten Baumstamm nieder und verschnauften erst einmal.

»Was ist denn los?«, fragte er nun, während er hektisch seine Brille von der Nase zog und sie mit einem gelben Tuch reinigte.

»Ich . . . ich kann ihnen das nicht sagen. Sie würden es mir auf keinen Fall glauben!«

Er zog seine Stirn kraus und setzte wieder seine Brille auf: »Werden Sie verfolgt? Oder wieso hat jemand meine Schaufensterscheiben eingeschlagen?«

Ich wusste, dass es nichts bringen würde, ihm davon zu erzählen. Nicht nur, dass es sich bei ihm um einen Wissenschaftler handelte, einem Menschen, der nur das glaubte, was er sehen, überprüfen und testen konnte, sondern meine Geschichte war dermaßen unglaubwürdig, dass sie mir niemand geglaubt hätte, wenn er nicht unmittelbar dabei gewesen wäre.

Erst jetzt fiel mir auf, dass ich noch immer sein E-Pad in den Händen hielt. Ich fragte mich, ob es nur funktionierte, wenn man sich darauf konzentrierte. Sofort fragte ich ihn.

»Dieses Pad wirkt nur, wenn man es streichelt. Immer wieder sachte darüber streicheln. Irgendwann wird es dann warm und entfaltet seine volle Wirkung. Ist es erst einmal aktiviert, bleibt es bis zu einer Stunde so.«

Ich schaute es mir noch ein wenig an, aber war keinesfalls in der Stimmung, es nun auszuprobieren. Immerhin hatte es genügend Aufregung gegeben und ich konnte nicht behaupten, dass es nicht ausreichend Gefühle gegeben hatte.

Es knackte irgendwo im Unterholz.

Kaum hatte ich meinen Kopf gehoben, sah ich das Alien in einigen hundert Metern Entfernung durch den Wald auf uns zurasen. Seine Geschwindigkeit war überirdisch schnell und ein kurzer Blick zum Wissenschaftler zeigte mir, dass er es auch wahrnehmen konnte.

»Oh mein Gott! Was ist das?«, rief er mit zittriger Stimme aus, während ich hektisch das erwärmte E-Pad in der Jackentasche verschwinden ließ.

Ich wünschte mir, ich hätte noch die Zeit finden können ihm zu sagen, dass es das ist, was er mir vermutlich niemals geglaubt hätte. Nun vermitteln Erfahrungen oftmals mehr, als es tausend Worte hätten vollbringen können und schon sprang ich auf, ergriff abermals seinen Arm und zog ihn zu einem großen Haufen an Baumstämmen, die jemand dort aufgetürmt hatte.

Eigentlich war es mein allerletzter Verzweiflungsakt, denn wenn wir nun hektisch um diese Baumstämme rennen würden, um uns das Alien vom Hals zu halten, so wäre es auf jeden Fall schneller sein als wir. Doch in einer solchen aussichtslosen Situation griff man nach dem kleinsten Strohhalm, der sich einem darbot.

Der Wissenschaftler war verstummt und er torkelte wie ein Betrunkener hinter mir her, während ich mich ständig orientierte, wo sich das Alien befand. Ich brauchte wirklich nicht lange nach ihm suchen, denn es stand nun unmittelbar vor mir. In seinen Händen hielt er wieder eine dieser seltsamen, metallischen Diskusse, die er nach mir werfen wollte. Im letzten Moment ergriff ich einen dicken Ast, der am Boden lag und wollte mich ihm damit stellen. Wenn ich nun hier meinen Tod finden würde, dann gewiss nicht wie ein wimmernder Feigling, der sich nicht zur Wehr setzen würde. Ich stieß den Wissenschaftler von mir und rief ihm zu, dass er verschwinden soll. Ich war mir nun wirklich sicher, dass es diesem Alien nur um mich ging und vielleicht würde es ihn verschonen.

Nun warf er seine metallische Scheibe. Rasend schnell kam sie auf mich zu und ich riss instinktiv den Ast hoch. Die Scheibe traf gegen den Ast und wurde in seiner Flugbahn abgelenkt. Zwar splitterten einige Holzstücke ab, aber der Ast hielt. Die Scheibe kehrte wie ein Bumerang zum Alien zurück und als er sie auffing, warf er sie gleich ein weiteres Mal, um mich damit tödlich zu treffen, aber erneut konnte ich sie abwehren. Plötzlich kam mir die intuitive Idee in den Sinn, dem Alien das E-Pad zuzuwerfen. Ich konnte es mir nicht erklären, aber es war die plötzliche Sicherheit, die mich durchströmte und mir aus unbekannter Quelle diesen Rat übermittelte. Ich nahm den Ast in die linke Hand und kramte in meiner Jackentasche nach dem Pad. Als ich es fühlte, rieb ich daran und warf es anschließend dem Alien zu. Seine Scheibe war mittlerweile zurückgekehrt, aber wie in einem Reflex fing er auch das Pad auf. Dann gab es einen Moment der Stille. Er warf seine Scheibe nicht ein weiteres Mal, sondern blickte auf das Pad und streichelte einfach weiter darüber. Immer mehr schien es durch das Pad besänftigt zu werden und dann trat etwas völlig Unerwartetes ein: Das Alien verwandelte sich zunehmend in einen Menschen. Der Kopf wurde immer kleiner, die Beine etwas länger und die metallische Haut wurde zunehmend menschenähnlicher.

Jetzt erkannte ich in einer Flut von Bildern der ganzen Geschehnisse und Assoziationen, was bis zu diesem Punkt geschehen war: Die Niederkunft des Aliens. Die Knochen. Der Absturz. Die überdimensionalen Zähne. Die Verfolgungsjagd. Die Zeitverschiebung. Der letzte Kampf fernab der Zivilisation… All diese Momente verschmolzen nun miteinander und ergaben die eine Botschaft, die ich als all diese Erfahrungen erlebt hatte. Es war, als wollte irgendjemand mit mir kommunizieren und seine Art der Kommunikation beinhaltete die Vermittlung unmittelbarster Erfahrungen. Nun verstand ich die Botschaft und den Verlauf dieser verdrehten Geschichte. All meine Taten hatten meine Umgebung so entstehen lassen, wie sie mir in Form von direkten Erfahrungen begegnet waren. Der Alien war in diesem Teil die Hauptfigur, die dazu auserkoren wurde, mir diese Botschaft detailliert näher zu bringen.

Nun schauten wir uns an und das einstige Alien, das nun zu einem Mensch geworden war, lächelte mich an und sagte: »Endlich redest du mit mir . . .«

Tief in den Wäldern

Im Grunde genommen war es Jeffreys eigene Schuld und das wusste er auch. Jedoch bestand zwischen Wissen und Zugeben ein kleiner Unterschied. Niemals hätte er auch nur irgendjemandem gegenüber zugegeben, dass es seine eigene Schuld war, auch wenn es im Moment gar niemanden gab, dem er es hätte sagen können. Vielleicht war es sein Stolz, vielleicht auch seine Dickköpfigkeit – wenn das nicht irgendwie dasselbe war.

Wie hatte er auch nur auf die Idee kommen können, dass er sich in diesem verdammten Wald zurechtfinden würde; er schaffte es ja sogar sich in einem Wandschrank zu verlaufen. Natürlich wusste Jeffrey, dass er auf die Leute im Dorf hätte hören sollen, aber wann hatte er jemals auf jemanden gehört? Klar, er war deshalb schon oft auf die Schnauze gefallen und hatte Erfahrungen gemacht, auf die er gern verzichtet hätte, aber so war er nun mal. Ändern ließ sich das jetzt nicht mehr, dafür war es zu spät. Genauso wenig konnte man den Umstand ändern, dass er sich verlaufen hatte, obwohl man ihn ganz deutlich vor diesem Wald gewarnt hatte. Es war ein scheußliches Gefühl, herauszufinden, dass man sich getäuscht hatte und es von Anfang an gewusst hatte. Jeffrey hatte sich – mal wieder – selbst in Schwierigkeiten gebracht und darauf war er ganz sicher nicht stolz.

Wie hatte der Wirt in dem alten Pub sich ausgedrückt? Ach, ja, richtig: Wenn ich du wäre, mein junger Freund, würde ich das ganze ganz schnell vergessen und mich in mein Auto setzen, das mich sicher nach Hause bringt.

In Jeffreys Ohren hatte sich das wie dummes Geschwätz angehört, blöde Dorfgeschichten und eine Menge alberner Aberglaube. Die Leute lebten wahrscheinlich einfach zu weit vom Schuss weg, als dass sie diese alten Sitten und blöden Geschichten hätten ablegen können. Warum sollte es in diesem Wald, der kaum anders war als alle anderen auf der Welt, etwas geben, dass er zu fürchten hatte?

Und doch.

Irgendetwas war an diesem Wald anders.

Jeffrey Summer war jemand, der selten zugab, sich geirrt zu haben. Aber dieser Wald war nicht so, wie ein Wald seiner Meinung nach sein sollte. Das hörte sich blöd an, das war ihm klar, und wenn er genau darüber nachdachte, dann fragte er sich auch, wie er auf so etwas Dummes kam, aber es war ganz eindeutig da. Hätte Jeffrey jemandem beschreiben müssen, was es eigentlich war, das an diesem Wald anders war, hätte er es höchstwahrscheinlich nicht gekonnt. Es war schwer zu erklären, viel mehr ein ungutes Gefühl oder eine Vorahnung, als konkrete, stichhaltige Argumente. Er mochte dieses Gefühl nicht. Es war nicht die langsam einkehrende Dunkelheit, die ihm Unbehagen bereitete, oder auch nicht die unbekannten Geräusche von wilden Tieren, hoch oben in den bedrohlich wirkenden Baumriesen oder zwischen den Büschen.

Es störte ihn nicht, dass seine Schritte unheimlich auf dem von trockenem Laub gesäumten Waldboden knirschten oder dass es jedes Mal knackte, wenn er auf einen Zweig am Boden trat. Auch das Alleinsein war ihm egal. Es hatte ihn noch nie gestört, wenn er irgendwo alleine war und meistens war es ihm auch lieber, als von Menschen umzingelt zu sein. Die meisten würden sich in solch einer Situation wahrscheinlich am unwohlsten fühlen, weil außer ihnen selbst niemand anderes da war. Jeffrey jedoch war zumindest das egal.

Es war etwas gänzlich anderes, das ihm da auffiel, etwas, was zu schwer in Worte zu fassen war, um es beschreiben zu können. Natürlich war es dumm, aber Jeffrey hatte das Gefühl, das dort etwas war und auf ihn lauerte, etwas, das überall war, in der Luft und in der Erde, in jedem Baum und jedem Grashalm. Es war, wie als würde er die Präsenz des puren Bösen spüren. Eine dunkle Macht, die er fühlen konnte und von der er sich sicher war, dass sie da war und die Finger nach ihm ausstrecken würde, sollte er ihr zu nahe kommen.

Aber natürlich wusste er, dass das verrückt war.

Seine Phantasie war wohl einfach etwas lebhafter ausgefallen, als das bei anderen der Fall war. Wahrscheinlich hatte ihm der Jahrelange Konsum von Science-Fiction-Filmen und zweitklassiger Horrorliteratur den Kopf aufgeweicht.

Ein Wald war ein Wald und nichts anderes. Es gab keine schaurigen Gestalten und wilde Ungeheuer, fleischfressende Pflanzen so groß wie Gartenhäuser oder gefährliche, allesverschlingende Sümpfe. All das waren nur die dummen Überbleibsel aus den letzten Jahren Mediendschungel, die bei ihm hängen geblieben waren.

In seinem Leben hatte er schon viele Wälder von innen gesehen. Erst bei langen, ausgiebigen Wanderungen mit seinem Vater, später mit Garry oder einem seiner anderen Kumpels und dann auch alleine. Irgendwann hatte er festgestellt, dass für ihn die einsamen Wald-Touren die schönsten waren. Nirgends konnte er sich so entspannen oder so abschalten und von allen Gedanken frei kommen, wie wenn er alleine im Wald unterwegs war. Es war wie so eine Art erholsames Natur-Peeling, das den ganzen Alltags-Dreck von ihm weg rubbelte und ihn wieder frei durchatmen ließ.

Irgendwann war es ihm dann nicht mehr genug gewesen, am Abend wieder nach Hause zurück zu fahren. Er hatte angefangen mit dem Schlafsack in der Wildnis zu übernachten und unternahm manchmal sogar Touren von ein paar Tagen, ehe er sich erholt genug fühlte, um in die Stadt zurück zu kehren. Der Wald schmeckte für ihn nach Abenteuer, nach etwas Bodenständigem, nach Drei-Tage-Bart und Nicht-Zähne-Putzen.

Jedenfalls war ihm noch nie etwas Unheimliches oder Gefährliches begegnet, und schon gar nichts, dass auf diese Art anormal war, dass es den Sprung in die Schauerliteratur geschafft hätte. Nichts. Es waren immer nur Wälder. Bäume und Büsche, Gras und Dreck, vielleicht mal Tiere oder Müll. Mehr nicht.

Aber egal, wie viele Wälder er schon gesehen hatte, dieser hier war anders. Es lag etwas in der Luft, das man fast mit den Fingern greifen konnte.

Klar, es war schon dumm, das wusste er ebenso gut, wie er wusste, dass es seine eigene Schuld war, dass er sich verlaufen hatte.

Und er hatte sich verlaufen, das war eindeutig.

Aber wenn das Verlaufen das einzige gewesen wäre. Es war dieser Wald, dieser gottverdammte, beschissene Wald. Selbst die Bäume in diesem Wald waren anders. Sie waren gedrungen und stämmig, als lastete das ganze Gewicht des wolkenverhangenen, immer dunkler werdenden Himmels auf ihnen, Kreaturen gleich, die sich winden, ducken und krümmen mussten unter ihrer Last.

Jeffrey fragte sich, warum er überhaupt hier her hatte kommen müssen und wenn er so darüber nachdachte, dann wunderte er sich auch, wieso er noch nie in diesem Wald gewesen war. Schließlich lag er doch sozusagen „in der Nachbarschaft". Er hatte nie den Drang verspürt zwischen diesen Bäumen hindurch zuwandern oder die Luft dieses Ortes einzuatmen gehabt, dass er sonst immer hatte.

Nie bis auf heute.

Nun, was sollte er dazu sagen? Irgendwann war schließlich immer das erste Mal. Und Jeffrey war alt genug, um zu wissen, dass es für manche Taten und Dinge keine plausiblen Erklärungen gab. Manches passierte einfach und oft hatte man selbst den kleinsten Anteil daran. Andere Menschen hätten das wahrscheinlich Schicksal genannt – Jeffrey Summers nannte es den Lauf der Dinge.

Trotzdem.

Dieses Mal hatte er eigentlich keine große Tour geplant. Er wollte nur ein paar Stunden durch den Wald laufen und abschalten. Es hatte viel Ärger bei der Arbeit gegeben, weil er einen wichtigen Auftrag vermasselt hatte und als er nach Hause gekommen war, hatte er sich mit Liz gestritten. Er stritt sich oft mit Liz – das gehörte für diese Frau zum Leben genau so sehr dazu wie schlichtes Atmen - aber er wäre schon ein Lügner gewesen, wenn er gesagt hätte, dass es ihn nicht störte. Liz war wie ein zu volles Sektglas in seinen Augen: sie schäumte über. Es gab nichts, was sie nicht ausprobieren, nichts was sie unversucht lassen wollte.

Und dafür war sie bereit alle Register zu ziehen. Und das wiederum war für Jeffrey, der eigentlich das genaue Gegenteil von Liz war, hin und wieder schlichtweg zuviel.

Nun, das war also der Grund warum er beschlossen hatte, in den Wald zu gehen. Zwar war es nicht der Grund warum er beschlossen hatte, gerade in diesen Wald zu gehen, aber das war OK. Der Lauf der Dinge eben. Jedoch hatte Jeffrey so einige Probleme, sich an den Grund zu erinnern, warum er sich in diesem verfluchten Wald verlaufen hatte.

Eigentlich hatte Jeffrey immer geglaubt, von sich behaupten zu können, dass er einen – zwar nicht perfekten, aber dennoch guten - Orientierungssinn besaß. Nun ja, so gut war er eigentlich auch wieder nicht. Irgendwie gehörte er zu der Art von Menschen, die ständig mit der Landkarte auf dem Beifahrersitz Auto fuhren und wenn es in den Urlaub ging mindestens jede Stunde in irgendeinem Kaff nach dem Weg fragen mussten. Deshalb hatte es ihn auch immer wieder gewundert, dass er stets von seinen Touren im Wald wieder heil nach Hause gekommen war.

Aber Jeffrey war enttäuscht von sich selbst und seinen Fähigkeiten als Wanderer und vielleicht, oder gerade deshalb, hatte es so lange gedauert, bis er sich selbst zugegeben hatte, dass er sich verlaufen hatte. Ein klarer Fall von gekränktem Stolz – keine Frage. Aber er war froh, dass niemand da war, der mit ihm schimpfen konnte und ihm seine eigene Dummheit vorwarf. Er war froh, dass Liz nicht hier war um ihm eine Ohrfeige zu geben, weil er so dumm gewesen war, sich zwischen einem Haufen Bäume zu verlaufen. Und er war auch froh, dass Garry oder sonst wer nicht da war, denn blöde Bemerkungen und Vorwürfe waren das letzte, was er jetzt brauchen konnte.

Wie es aussah war die Situation also doch nicht ganz so schlimm, wie sie hätte sein können. Immerhin war Jeffrey allein. Wenigstens etwas. Es hätte schlimmer kommen können.

Und trotzdem.

Die ganze Situation kam ihm doch reichlich beschissen vor. Mal wieder hatte er es geschafft, sich in Schwierigkeiten zu bringen und die Chancen, dass das Blatt sich wenden würde, standen im Moment schlecht.

Liz würde auf gar keinen Fall nach ihm suchen. Es war nicht ungewöhnlich dass Jeffrey nach einem Streit die ganze Nacht nicht nach Hause kam. An solchen Tagen schlief er bei Garry auf dem Sofa, während er sich bescheuerte Late-Night-Shows ansah, oder er betrank sich erst bis zum Abkippen und übernachtete dann auf dem Rücksitz seines Autos. Die Hoffnung war also sehr gering, dass Liz seine Abwesenheit bemerken würde. Wahrscheinlich würde sie erst nach drei Tagen auf die Idee kommen, sich allmählich mal Gedanken zu machen, wo er abgeblieben war.

Ein Handy besaß er nicht. Die Dinger waren ihm auf seltsame Art zuwider und Fernsehberichte und Zeitungsartikel über radioaktive Strahlen die Gehirntumore auslösen konnten trugen wenig dazu bei, seine Meinung darüber zu ändern. Nun, jetzt verfluchte er sich für diese pingelige Einstellung und schwor sich, gleich wenn er aus diesem verdammten Wald heraus war, in den nächsten Handy-Shop zu spazieren und sich eines dieser Mobiltelefone zuzulegen – nur für den Fall, dass er jemals wieder in so eine Situation geraten würde. Wenn er aus diesem verdammten Wald heraus war.

Wann immer das auch sein würde.

Plötzlich hörte er ein Geräusch. Sich vorsichtig umblickend blieb er stehen und lauschte in den Wald hinein. Da war es wieder! Es war das Geräusch, das verursacht wurde, wenn man durch trockenes Laub ging und die Füße nicht recht anhob. Irgendetwas an diesem Geräusch ließ Jeffrey innerlich zusammen zucken und weil es ihn so plötzlich aus seinen Gedanken gerissen hatte, kam es ihm noch viel unheimlicher vor, als es sonst der Fall gewesen wäre. Es kam näher.

Jeffrey spannte unwillkürlich seine Muskeln an und machte sich auf das bereit, was da nun kommen würde. Möglicherweise gab es hier doch etwas, was e nicht hätte geben dürfen. Irgendetwas böses, das ihn jetzt lange genug beobachtet hatte. Etwas, das fand, dass er ein feines Abendessen abgeben würde.

Er schluckte und begann an den Handflächen zu schwitzen, wie meistens wenn er nervös war. Dann raschele es unsanft um Gebüsch und etwas kam zwischen den Blättern und Zweigen hervor.

Einige Sekunden stand er Auge in Auge mit dem Fuchs; dann war er plötzlich verschwunden. Er machte kein Geräusch, als er sich davonstahl, doch die Stelle im Laub war von einem Moment auf den anderen einfach leer. Vor Erleichterung hätte Jeffrey einfach beinahe laut aufgelacht.

Ein Fuchs!

An allem waren nur seine überdrehten Nerven und das blöde Geschwätz der Leute in dem kleinen Kaff schuld.

Hatte er wirklich geglaubt, eine Bestie würde im Gebüsch auf lauern?

„Mann oh Mann, Jeff, alter Junge, du solltest dich mal sehen! Lässt dich von einem dämlichen Fuchs erschrecken!"

Aber wenn er ehrlich war, dann war das Gefühl beobachtet zu werden beinahe noch stärker als zuvor.

Schließlich brach die Dunkelheit herein. Es wurde so schnell finster, als hätte jemand das Licht ausgeknipst. Die Schatten des Waldes verflochten sich so dicht ineinander, das Jeffrey kaum mitbekam, wie schnell es letztendlich Nacht wurde.

Er entschloss sich, Rast auf einem großen, moosbewachsenen Felsen zu machen. Als er seinen Rucksack öffnete, fand er nichts weiter, als eine angebrochene Tafel Schokolade und eine Dose Diät-Cola. Leise vor sich hinfluchend, brach er sich ein großes Stück Schokolade ab und nahm sich vor, das nächste Mal alles besser durchzuchecken ehe er ging.

Während er kaute, bemerkte er es wieder. Etwas war da. Zwar konnte er es weder sehen noch hören, aber es war ganz eindeutig da. Irgendetwas war da.

Es kam ihm so vor, als würde eine unheilvolle Präsenz in der Luft liegen und sie verpesten. Die Luft, die er einatmete kam ihm stickiger und dicker vor, als vorher. Die ganze angespannte Atmosphäre schien ihn fast zu erdrücken und er musste sich selbst eingestehen, dass er sich alles andere als wohl fühlte.

Trotz allem entschloss er sich ein wenig zu schlafen. Es war mittlerweile so dunkel geworden, dass er kaum noch den Weg sehen konnte, auf dem er gekommen war. Wenn er jetzt weiter gehen würde, dann wäre das Risiko über etwas zu stolpern und sich eventuell das Genick zu brechen, recht groß.

Also machte er es sich in einer akzeptablen Position bequem, legte sich neben den Felsen, auf dem er gerastet hatte auf den Boden und deckte sich mit seiner Regenjacke zu. Diese provisorische Decke war mehr schlecht als recht, aber wie schon seine Großmutter immer gesagt hatte: Allein der Gedanke zählte.

Jeffrey seufzte ein letztes Mal, schob sich seinen Rucksack als Kopfkissen unter und versuchte nicht an das zu denken, was er zu fühlen glaubte, nicht an diese seltsame, erdrückende Atmosphäre.

Dann schloss er die Augen.

Als er wach wurde, war es immer noch vollkommen finster und einen Augenblick lang wusste er nicht, wer oder wo er war; ein schreckliches Gefühl zwischen Traum und Wirklichkeit. Dann kehrte allmählich sein Bewusstsein zurück und er konnte sich daran erinnern, wo er sich befand und in was für einer bescheuerten Situation. Seufzend fuhr er sich mit der Hand übers Gesicht und wünschte sich den Schlaf wieder herbei. Er konnte nicht lange geschlafen haben, aber wenigstens für diese kurze Zeit hatte er vergessen, was noch vor ihm lag. Um ihn herum war es vollkommen dunkel, so dunkel wie es nur im Wald sein konnte, weit weg von den Lichtern der Häuser und den Scheinwerfern der Autos. Das, was die Leute Dunkelheit nannten, das war in Wirklichkeit gar keine richtige Dunkelheit, das wusste Jeffrey. Hier herrschte noch totale Finsternis, eine schreckliche Art von Dunkelheit, die überall zu sein schien, die ihn umgab wie ein furchterregender Mantel, die ihm einen Schleier über die Augen legte, bei dem er das Gefühl hatte, sich nicht sicher zu sein, dass er jemals wieder verschwinden würde. Es war eine andere Art von Dunkelheit, eine andere Art von Nacht.

Jeffrey versuchte wieder einzuschlafen, aber es gelang ihm nicht. Sein Körper war müde, aber sein Verstand wollte nicht. Immer wieder schweiften seine Gedanken ab und er musste daran denken wie dumm er eigentlich war, sich in solch eine Situation zu bringen. Er fragte sich, was Liz wohl gerade tat und ob sie sich nicht vielleicht doch fragte, wo er abgeblieben war.

Aber es war nicht allein das Denken, das ihn vom Weiterschlafen abhielt.

Da waren seltsame Geräusche und Stimmen, die nicht von dieser Welt zu sein schienen, Flüstern und Raunen, Säuseln und Kichern, und Jeffrey wusste nicht, ob es nur der Wind war oder nicht. Er war sich sicher, dass diese Geräusche vorhin noch nicht da gewesen waren. Und dieses Mal war es anders als mit dem Fuchs. Diese Geräusche konnten keinen Tieren gehören, egal wie sehr er es sich versuchte einzureden und wie sehr er wünschte, es wäre so.

Aber vielleicht war das, was er da hörte, auch gar nicht real. War es nicht vollkommen normal, dass nachts im Wald die Phantasie mit einem durchging? Man sah dann Dinge oder hörte Geräusche, die es gar nicht gab oder interpretierte die gefährlichsten Dinge in die harmlosesten Schatten.

Das war normal. Völlig normal.

Aber da war auch noch etwas anderes, etwas von dem Jeffrey nicht wusste, wie er es in Worte fassen sollte. Da waren zwar Gedanken in seinem Kopf, aber sie machten keinen Sinn und er fand sowieso keine richtigen Worte dafür. Und wozu auch? Wem hätte er es schon erzählen sollen?

Und natürlich war da wieder dieses seltsame Gefühl. Immer noch glaubte er beobachtet zu werden. Doch egal, wohin er seinen Kopf drehte, sah er nichts und niemanden; nur Dunkelheit und eine Menge unheimlicher Schatten.

Irgendwann beschloss er dann, trotz der Dunkelheit weiter zu gehen, nur um dieser immer schwerer werdenden Gegenwart von etwas, dass er nicht kannte zu entfliehen. Er rappelte sich schwerfällig auf, stopfte die leere Cola-Dose und das Schokoladen-Papier nachlässig in den Rucksack und massierte sich einen Moment lang seine steifen Nackenmuskeln.

Dann ging er in ihren irgendeine Richtung. Es war schwer in der Dunkelheit einen sicheren Weg zu finden und mehrere Male stolperte Jeffrey über Wurzeln oder Steine. Doch das Gefühl, sich zu bewegen tat ihm gut. Sobald er an einer Stelle länger als einen kurzen Augenblick lang stehen blieb, begann er sich unwohl zu fühlen, wie eine Tontaube auf dem Schießstand. Solange er vorwärts ging – auch wenn er nicht wusste, wohin – da war es gut.

Als er ungefähr eine halbe Stunde gelaufen war, kam er auf eine Lichtung, wo er durch eine große Lücke im Blätterdach die Sterne sehen konnte.

Eine innere Stimme riet ihm, sich irgendwo ins Moos zu legen und die letzten paar Stunden der Nacht für ein bisschen Schlaf zu nützen, aber etwas in seinem Innern sträubte sich dagegen. Der

Gedanke, sich so schutzlos auf dem Waldboden auszustrecken, wie ein Stück Fleisch auf einem Teller, gefiel ihm nicht. Auch wenn seine Beine immer schwerer wurden und die Augen immer öfter drohten, einfach zuzufallen, zwang er sich weiterzugehen und die Lichtung hinter sich zu lassen.

Sobald er nach Hause kam, würde er sich ins Bett legen und den Schlaf nachholen. Und nach dem Aufwachen würde er sich eine Pizza bestellen, sich vor den Fernseher setzten und über dieses alberne, kleine Abenteuer lachen.

Sobald er nach Hause kam.

Die folgenden Stunden glichen einander wie ein Ei dem anderen. Alle waren sie öde, eintönig und verstrichen sehr, sehr langsam. Der Wald sah immer gleich aus und hin und wieder bekam Jeffrey das Gefühl, sich gar nicht vom Fleck zu rühren. Seine Beine erschienen ihm bleischwer und jeder Schritt war anstrengender als der vorherige. Er war müde und hungrig.

Die Luft war seltsam stickig hier drinnen und roch leicht faulig. Auch war es immer noch so unheimlich dunkel in diesem Wald, denn dem Mondlicht schien es nicht zu gelingen, sich durch die dicht beieinander stehenden Bäume zu kämpfen.

Das Leeregefühl in Jeffreys Magen wurde immer schlimmer und der Drang nach etwas Essbarem immer stärker. Die Schokolade und die Cola schienen ihm Ewigkeiten her. Was hätte er jetzt für einen Hamburger und eine große Portion Fritten gegeben? Alles vermutlich.

Er konnte sich nicht daran erinnern, jemals so hungrig gewesen zu sein, auch wenn das Quatsch war. Aber in solchen Situationen kam das einem immer so vor, das wusste er.

Da war es wieder.

Nein, da war noch mehr. Er hörte ein leises Ausatmen. Oder doch nicht. War das vielleicht nur ein Windhauch?

Zum Teufel noch mal, sein Verstand spielte ihm schon wieder Streiche! Langsam wurde es ihm wirklich zu viel! Da konnte nichts sein, und da war auch nichts!

Wie um ihm das Gegenteil zu beweisen, hörte er die seltsamen Atemgeräusche wieder. Beinahe kam es ihm so vor, als würde er einen warmen, süßlich-modrigen Atem in seinem Nacken spüren. Als er sich hastig umdrehte, war da natürlich nichts.

„Du bist ein verdammter Angsthase, Jeffrey Summers! Du solltest dich schämen!", schallt er sich selbst laut, wie als könnte er mit seiner Stimme dieses unheimliche Gefühl beobachtet zu werden bekämpfen. Ein bisschen half es, aber nicht sehr viel.

Unsicher machte er einen Schritt nach vorne, und stolperte prompt über eine dicke Wurzel am Boden. Er landete der Länge nach auf dem Waldboden und schlug sich den Kopf schmerzhaft an einem großen Stein an. Jeffrey fluchte, wie er noch nie in seinem Leben geflucht hatte und versuchte sich schwerfällig auf die Ellenbogen zu stützen.

Da hörte er es wieder.

Es war das seltsame Geräusch. Noch nie in seinem Leben hatte er etwas Vergleichbares gehört. Wie dumm es auch war, aber es ließ ihm regelrecht das Blut in den Adern gefrieren.

Das Geräusch klang unregelmäßig, röchelnd und ungesund. Dann, ein Stöhnen, das klang, als würde jemand unter starken Schmerzen von schlechten Träumen heimgesucht werden. Schauderhaft!

Und es schien näher zu kommen. Sehr schnell näher zu kommen.

Das Geräusch wurde lauter, animalischer. Dann hörte er Brechen und Krachen, als würde etwas Schweres auf zerbrechliche Äste und Zweige am Boden treten.

Plötzlich kam noch etwas anderes dazu, auch ein Geräusch, aber so von Grund auf verschieden wie etwas nur sein konnte. Es war einem Weinen und Jammern nicht unähnlich, klang verzehrt menschlich, irgendwie wie von einem verängstigten Kind.

Auch wenn Jeffreys Körper schneller als sein Verstand begriff, dass Gefahr im Anmarsch war, und er sich hastig aufrappelte, war es bereits zu spät.

Das, was nun vor Jeffrey stand, war eine Bestie. Kein Wort hätte es treffender beschreiben können als dieses. In der Gestalt einem riesigen Hund nicht unähnlich, stand es mit fletschenden Zähnen vor ihm. Geifer tropfte aus seinem Maul und Speichel klebte an langen, spitzen Zähnen.

Und in diesem Moment begriff Jeffrey Summers, dass es tastsächlich Gefahren in den Wäldern gab – oder zumindest in diesem Wald. Für ihn würde es keine Pizza und kein weiches Bett mehr geben.

Und er wusste bereits, dass es keine Möglichkeit mehr gab, vor der Bestie zu flüchten.

Tief soll er leben

Der Sigmund läuft mit halb zerfetzten Klamotten durch die Straßen. Jeder, der ihn sieht, wird von Grauen gepackt und flüchtet panisch in die nächste U-Bahn-Station oder in die Kirche. Siggi, so hat man ihn genannt, hängt das Fleisch in Fetzen, sein eines Ohr ist abgefallen, überall hat er Leichenflecken, und seine Augen haben längst ihren Glanz verloren. Aber um zu verstehen, was hier geschah, muss ich die Geschichte von Anfang an erzählen.

Siggi hat eine Schwester, Sarah. Sie ist 3 Jahre älter als er, also 18. Endlich darf sie, was ihre Eltern ihr vorher verbaten: Lange in Discos abhängen, Drogen konsumieren, Alkohol trinken… Eben das, was alle ihr bekannten Erwachsenen tun. Nur ihr kleiner Bruder ging ihr auf die Nerven. Wehe, sie brachte ihm nicht mal ein Bier oder einen Wodka Feige vom Kiosk mit (schließlich durfte sie ja endlich), dann fing er an zu quengeln: „Wissen deine Eltern, dass du Esctasy schluckst? Ich kann das übrigens ändern!"

Sarah gehört der sogenannten „Gothic-Szene" an, d. h. schwarze Klamotten, schwarze Schminke, Grufti-Outfit, Grufti-Discos und Grufti-Musik. Auch faszinierten sie die sogenannten „schwarzen Künste" wie Hexen, Ouija-Brett, Seancen eben, und alles was damit zusammenhängt. Ihre Freundinnen waren natürlich auch alle Goths. Isabel, die älteste mit 19, hatte ihre Haare weiß gefärbt (mit Wasserstoffperoxid), trug immer schwarze Leggins und lange, schwarze, schlabbrige T-Shirts darüber. Sie war ca. 1,60 m groß und wirkte trotz der überladenen Schminke eher unscheinbar, daher trug sie auffällige Frisuren, die sie allerdings aus der Ferne auch uralt aussehen ließen. Alma war 2

Jahre jünger, hatte ihre Haare schwarz gefärbt und trug ein auffälliges Spinnennetz-Tattoo auf der linken Wange. Dazu schminkte sie sich zusätzlich mit einem schwarzen Lippenstift. Sie trug immer schwarze Jeans oder Cordhosen, dazu manchmal rote Pullover, aber meist auch schwarz. Sarah ließ die beiden immer hinten rein, damit ihre Eltern sie nicht sahen. Sie selbst schminkte sich nur, wenn sie sicher war, dass ihre Eltern sie nicht weg gehen sahen, und bevor sie nach der Schule heim ging, musste sie sich immer abschminken. Auch mit diesem Wissen wurde sie von Siggi erpresst, er wusste genau, welchen Knopf er bei ihr drücken musste, um sein Bier oder den neuen MP3-Player zum Geburtstag zu kriegen.

Eines Abends trafen sie sich zu einem typischen „Goth-Mädels-Abend", der nervige Siggi war aus dem Haus. „Was machen wir?" fragte Alma, die Jüngste im Bunde. Isabel meinte: „Seancen?" Sarah schüttelte den Kopf. „Nee, das haben wir letztes Mal schon gemacht. Ich würde gerne mal was Neues ausprobieren." „Was denn?" fragte Alma. „Habt ihr mal von Voodoo gehört? Ich meine jetzt nicht aus ‚das Ritual' wie im Film, sondern echten Voodoo?" Alma und Isabel waren sofort Feuer und Flamme. Bald schon wälzten sie Hexenbücher und schrieben sich Zutaten für einen Zombie-Zauber auf. Dann fragte Isabel: „Wen willst du eigentlich zum Zombie machen? – Ich habe gelesen, dass man denjenigen wirklich hassen muss!" Natürlich fiel Sarah nur eine Person ein: Ihr Bruder Siggi. „Er nervt mich jeden Tag, erpresst mich mit dem Wissen über die Orte, an denen ich abhänge und über die Pillen, die ich vom Dealer auf dem Friedhof kaufe. Wo ich sie kaufe, weiß er allerdings nicht, noch nicht. Und wenn er erst dort fest hängt, brauche ich auch keine Angst zu haben, dass er es meinen Eltern petzt."

Alma und Isabel sahen sich an, dann Sarah, schließlich fragte Alma: „Ist er denn so durchtrieben, glaubst du, er liefert dich echt ans Messer?" Sarah kannte Siggi. „Na klar, dann habe ich mindestens ein Drittel meines Lebens Hausarrest!" Isabel sah nachdenklich aus. Dann sagte sie: „Hier steht, einen Zombie-Zauber kann man nicht rückgängig machen. Wenn die Person tot ist, also in dem Fall untot, ist sie dazu verdammt, ruhelos umher zu wandern, ohne Hoffnung auf Erlösung, so lange, bis sie zu Staub zerfällt…" Alma vervollständigte den Satz: „Oder verbrennt." „Aber der Zombie bleibt doch auf dem Friedhof, oder?" fragte Sarah, die den ganzen Kram sowieso nicht glaubte. Dann aber stieß sie selbst auf eine Textzeile, in der nicht nur die Formel stand, die sie auszusprechen hatte, und das musste ausgerechnet an seinem Geburtstag sein. Da hieß es: „Wenn die Person, die mit dem Zombie-Fluch belegt wurde, zu Lebzeiten verflucht wird, muss das an ihrem Geburtstag geschehen, anderenfalls muss die Person, die mit dem Fluch belegt werden soll, erst tot sein. Wenn der Fluch zu wirken beginnt, wird die Seele darin gefangen, anders als bei einem normalen Sterbefall, wobei die Seele aus dem Körper entweicht. Das ist der Grund, warum ein Zombie als wandelnder Toter existiert."

Alma hörte zu, wie Sarah diese Zeilen vorlas, und meinte: „Das muss schrecklich sein. In einem verrottenden Körper gefangen zu sein, meine ich. Tut das nicht weh, wenn ein Bein bricht?" Isabel las weiter: „Schmerzen und Skrupel können diese

Seelen allerdings nicht mehr empfinden, ebenso wenig Leid, Liebe oder Wut. Ihr Geist und ihre Seele verlieren etwas Essentielles, nämlich die Persönlichkeit. Sie ist es, die aus uns einen richtigen Menschen machen…", zu Sarah gewandt, meinte Alma: „Willst du das deinem Bruder wirklich antun?" Sarah, die immer noch nicht an diesen Zombie-Kram glaubte, und wusste, dass Siggi am nächsten Tag 16 werden würde, war das egal. „Siggi ist immer schon nur eine egoistische Nervensäge gewesen. Glaub mir, auf diese Persönlichkeit würde sogar er persönlich verzichten!" Da mussten alle lachen, denn eines hatten sie gemein: Sie hatten noch nie einen echten Zombie gesehen, außer im Film, da war alles gestellt. Und irgendwie glaubten sie auch nicht, dass es am nächsten Tag klappen würde. Siggi würde seinen halbstarken Kindergeburtstag feiern, und sie würde im Keller einen Topf mit Hühnerkrallen, Schweineblut und Teichwasser zum Kochen bringen, Siggis Haare aus der Bürste hinein tun und die magische Formel sprechen. Warum? Weil sie ein Goth war. Und weil es sie faszinierte, was es für Bräuche gab.

Am nächsten Tag ging sie in den Laden „Magic", in dem es allerlei Okkultes zu kaufen gab. Danach ging sie zu einem Tümpel in der Nähe des Waldes und entnahm eine Literflasche Wasser, die sogenannte „magische Brühe". Nachdem sie ihrem Bruder am Morgen gratuliert hatte, erwischte sie seinen Kamm und zog ein paar Haare heraus. Mit den Zutaten verschanzte sie sich im Keller, wo ein Gaskartuschenkocher vom letzten Zelturlaub noch einmal seinen Dienst am Keramiktopf aus der Küche tat. Danach nahm sie das Buch zur Hand, schaute auf die Uhr (Siggi war gegen 15:20 Uhr geboren), wartete eine Minute und begann danach mit monotoner Stimme, aber nicht ohne Leidenschaft, die Formel zu sprechen, genauso, wie sie im Buch abgedruckt war.

Als sie die ersten Worte sprach, wurde es plötzlich kälter, aber das registrierte sie nur am Rande, weil sie sich sehr konzentrieren musste. „Yuk damballah, pakk Wokkokah, Shuc Motohi, famm balla, Noro Toro Dijey Bobo . . .“ Auf einmal wurde die Flüssigkeit im Topf heller, und sie hörte ein seltsames Pfeifen. Sie dachte, es sei der Topf, aber es kam von allen Seiten, wie der Wind, der um die Hausecken heult. Trotzdem sprach sie weiter: „Futsch hi karem, lutsch di afta, Karma putti, Jamsham tutti . . .“, obwohl sie nicht im Topf rührte, ja ihn gar nicht anfasste, begann sich plötzlich die Brühe zu drehen, wie ein Strudel, der nach unten zog.

Derweil waren oben Siggi und seine Freunde am Feiern. Die Eltern hatten ihr OK gegeben und waren zu Verwandten in der Nachbarschaft gegangen. Das wurde natürlich freizügig ausgenutzt, indem sie ihre leeren Bierflaschen einfach da fallen ließen, wo sie standen, überall waren Chips und Popcorn verstreut, und die Spuren, die ihre Fete hinterließ, würde ja sowieso Sarah beseitigen, sonst würde ihr der Umgang mit ihren Grufti-Freundinnen verboten und sie bekäme lebenslang Hausarrest. Außerdem herrschte natürlich eine hämmernde Lautstärke durch die aufgedrehte Anlage. ACDC rockte da House. Plötzlich wurde Siggi komisch. Normalerweise spürte er sein Herz klopfen, wenn er Cindy ansah, das war seine heimliche Liebe. Aber auf einmal spürte er nichts mehr bei ihrem Anblick, obwohl es ihn immer noch berührte. Er fing nicht an zu schwitzen, und der Puls raste nicht, auch in den unteren Körperregionen tat sich nichts . . . das war nicht normal. Wo waren sie hin, die Gefühle?

Im Keller sprach Sarah die letzten Zeilen: „Moder himma, moder hölla, moder hiera, moder, moder   . . .“ Sie war so versunken, dass sie nicht merkte, wie eine Kröte zum Kellerfenster herein kam und sich neben sie setzte. „Shalla balla, makkefuk, shampu makker, mukkefuk . . .“ Auf einmal ertönte ein Quaken neben ihr. Sie sah die gelbbauchige Kröte an, erschrak, und hoffte, sie würde nicht in den Topf fallen. Die Kröte sah sie an, dann hüpfte sie zur Tür. Schnell sprach Sarah die letzten Wörter: „tief tief tupper, mief mief shnupper, kalle kalla, alle balla.“

Nun wartete sie 5 Minuten, bis es oben plötzlich stiller wurde, dann nahm sie schnell den Topf und goss ihn in den Gully im Wäschekeller, warf die Hühnerkrallen weg und spülte den Topf aus, bevor sie mit einem seltsam mulmigen Gefühl die Kellertreppe hinauf kam. Kaum im Wohnzimmer, wurde sie schon von seinem besten Kumpel angesprochen, dem Lars: „Du ich glaub, mit dem Siggi stimmt was nicht. Fieber hat er keins, aber er ist so komisch . . .“ Siggi saß auf der Couch und starrte stur geradeaus. Boris fragte ihn etwas, er antwortete einsilbig und mit monotoner Stimme. Jetzt fing Sarah an, sich Sorgen zu machen. Sie ging zu ihm hin und legte ihre Hand auf seine. Erschrocken zog sie sie wieder weg: Seine war eiskalt! Wie die einer Leiche! Als sie in seine Augen schaute, konnte sie sich darin nicht mehr spiegeln. Der Glanz war weg! Aus gebrochenen Augen sah er sie an und fragte: „Stimmt irgendwas nicht?" Sarah wich das Blut aus dem Gesicht: Was hatte sie nur getan! Wie konnte sie ihrem Bruder so etwas antun?!

Geschockt und völlig kopflos zog sie sich ihren schwarzen Trenchcoat über und hastete zu ihrer Freundin Isabel. Als diese die Tür öffnete und Sarahs entsetztes Gesicht sah, sagte sie nur: „Oh nein." Sarah ließ sich in den nächsten Sessel fallen. „Es hat geklappt", sagte sie. „Es hat tatsächlich geklappt." Isabels Gedanken rasten. Was, wenn sich dieser Satansbraten etwas Perfides ausgedacht hatte, um sie zu täuschen? „Hast du schon daran gedacht, dass er uns gestern irgendwie belauscht oder sonst wie dein Vorhaben rausgekriegt hat und sich die Haut mit Eiswürfeln gekühlt haben könnte? Oder so . . ." Sarah erzählte ihr von den Augen. „Es gibt Kontaktlinsen", meinte Isabel. „Oh nein, zu so einer Abgebrühtheit ist er nicht fähig!"

Isabel grinste freudlos. „Das sagt die Richtige", meinte sie. „Du hast ja Recht", sagte Sarah, „was, wenn jetzt alles stimmt, was im Buch steht? Dass der Zauber nicht umkehrbar ist, meine ich, und er . . . und wir ihn verbrennen müssen?" „Das darf nicht wahr sein!" rief Isabel. „Bete, dass es nicht so ist", meinte Sarah. Da fiel ihr die Kröte ein, sie erzählte wie sie am Schluss dazu gekommen und dann unter der Tür verschwunden war. Isabel holte ihr Voodoo-Buch hervor, das dieselbe Formel beinhaltete wie das von Sarah und schlug nach. „Hier steht: Die Kröte beheimatet einen Geist, der einer Hexe helfen kann, die es wirklich ernst meint, aber auch alles zunichtemachen kann, wenn die Seele, die verflucht wurde, vom Verfluchenden nicht wirklich gehasst wurde." Sarah überlegte: „Hasse ich Siggi?" Isabel seufzte und sah sie mitleidig an. „Glaub mir, Schätzchen, du hasst ihn", sagte sie.

Nicht wirklich getröstet, machte sich Sarah auf den Heimweg. Es war etwas stürmisch geworden, etwas zu windig für Anfang September. Blätter, Papier, Zeitungsfetzen und kleine Plastikreste flogen über den Straßen hin und her. „Hass kann also wirklich Schlimmes anrichten", dachte Sarah, als sie in ihre Straße einbog. Vor dem Haus stand ein Rettungswagen. Die Sanitäter brachten Siggi mit einem Beatmungsgerät in den Wagen. Der eine meinte: „So einen Fall hatten wir noch nie. Kein Herzschlag, keine Hirnaktivität. Der Junge ist eigentlich klinisch tot, läuft aber ganz normal herum." Oh mein Gott, dachte Sarah. Sie sah den Sanitätern ins Gesicht, bis sie merkte: Nein, die wollten sie nicht veräppeln. Es stimmte. Siggi war ein Zombie!

Als ihre Eltern nach Hause kamen, erzählte Sarah in knappen Worten, was auf der Feier vorgefallen war. Dass sie daran schuld war, mochte sie nicht sagen, denn das war unverzeihlich, sie hatte ihren Bruder nicht nur umgebracht, sondern auch dafür gesorgt, dass er nicht in den Himmel kam.

Indessen war Siggi im Krankenhaus und merkte, dass allerhand Untersuchungen an ihm vorgenommen wurden. Und immer hieß es nur, er sei klinisch tot, aber am Leben. Da fiel ihm nichts Besseres mehr ein, als sich auch äußerlich tot zu stellen, um in die Pathologie gerollt zu werden und von dort aus aus dem Krankenhaus zu fliehen. Alles war besser, als ein Versuchskaninchen für irgendwelche Forschungszwecke zu werden. So kam es dann auch. Nur hatte Siggi nicht bedacht, dass für die Beerdigung und das Abschiednehmen seine „Anwesenheit" in einem der vielen Kühlfächer von Vorteil gewesen wäre. Zumindest bis zum Tag der Beerdigung hätte er es „aushalten" müssen. Aber wie soll ein 16jähriger Teenager freiwillig eine Woche in einem eiskalten Kasten liegen, oder in Kauf nehmen, dass eine Autopsie vorgenommen und ein paar Organe fehlen würden? Oder dass sie den Kopf mit dem Knochenfräser öffnen, um das Gehirn zu untersuchen . . . Nein, es blieb ihm nur die Flucht. Aber wohin?

Fast alle wussten, dass er tot sei. Er selber glaubte es allerdings noch nicht. So lief er zu seinem Kumpel Lars, warf kleine Steinchen an sein Fenster, er öffnete es und erschrak bei Siggis Anblick. Er war leichenblass und flüsterte: „Bitte schmeiß mir ein paar Sachen zum Anziehen runter, ich hab nur eine Decke um!" Natürlich half ihm Lars aus der Klemme, er konnte doch seinen Freund nicht im Stich lassen. „Danke Alter! Hast was gut bei mir!" rief Siggi mit heiserer Stimme. Er überlegte, wo er jetzt hingehen könnte, und entschloss sich für die U-Bahn.

Dort gab es Tunnel, ein väterlicher Freund hauste dort hinter einer der Notausgangstüren, die zwischen zwei Stationen lag. Er kannte ihn unter dem Namen „Old Gin", denn so wurde er von allen genannt. Unterwegs erhaschte er einen Blick in einen Spiegel – und erschrak: Er sah wirklich aus wie ein Toter!

Plötzlich bekam er Schwierigkeiten, sich zu bewegen. Nun erfuhr er am eigenen Leib, warum Zombies sich so langsam und eckig bewegen. Er konnte gar nicht mehr normal gehen, musste den Körper von einer Seite auf die andere rücken und

Minischritte machen. „Das ist also die Leichenstarre", dachte er. Da kamen ihm 2 Jugendliche entgegen. Der eine lachte und meinte: „Na Kumpel, für Halloween ist es doch ein bisschen zu früh, aber musst wohl schon üben, was?" Sein Kumpel sagte: „Igitt, und eine Dusche braucht der auch mal!"

Am liebsten hätte Siggi geheult, aber es kamen keine Tränen. Er schaffte es mit einiger Mühe in die Nähe der Tür. Da hörte er das Signal der U-Bahn. Er wollte noch schnell rüber auf die andere Seite, aber da war die Bahn schon fast an ihm dran. Er drückte sich so gut er konnte an die Seite, aber die Bahn streifte ihn am Ohr. Im verblassenden Rücklicht sah er das Ohr auf den Schienen liegen. Er wusste nicht, dass es seines war, aber er ahnte es, als er sich an den Kopf fasste… Es war sein Ohr! Siggi hätte am liebsten ganz laut geheult und geschrien, aber er hatte keine Tränen und war total heiser, auch kriegte er die Kiefer nicht auseinander. Er legte sich auf die Schienen, um das Ohr aufzuheben, da hörte er das Signal einer anderen Bahn. Panisch rollte er sich von den Schienen weg, erreichte die Tür und zog sich irgendwie rücklings hoch. Es gelang ihm, die Tür zu öffnen, wobei er sich (ebenfalls schmerzlos) 4 Finger brach, und hinein zu gelangen.

Old Gin war nicht da. Es war nicht seine Tageszeit. Um diese Zeit stand er in der Fußgängerzone und bettelte für die nächste Flasche Schnaps. Aber sein Lager war da: Eine Matratze vom Sperrmüll und ein alter Army-Schlafsack. Da Siggi nicht fror, legte er sich auf die Matratze – nein, er ließ sich, steif wie er war, darauf fallen – und wartete auf seinen Freund. Er kannte ihn vom Schule schwänzen, hatte ihn mal gefragt, wie man am besten bettelt und welche Argumente am besten ankommen. Old Gin hatte ihn gefragt, warum er nicht versuche, einen guten Schulabschluss zu bekommen, um niemals betteln zu müssen. „Wozu denn“, hatte Siggi geantwortet: „Der Beruf ist doch immer der gleiche: Hartz IV, Sozialamt, Penner.“ So waren die beiden ins Gespräch gekommen, und als Siggis Fehlstunden den Eltern bekannt gemacht wurden, traute er sich nächtelang nicht nach Hause. Also war er hierhergekommen und schlief auf dieser alten breiten Matratze neben Old Gin, und tagsüber hing er mit seinen Kumpels ab.

Und jetzt war Siggi ein Zombie mit nur noch einem Ohr. Das andere steckte er sich so wieder an den Kopf, wie es vorher war. Eigentlich war er kein Dieb, aber er wusste, dass Old Gin's „Behausung“ auch Nähzeug hergab. So nahm er Nadel und Faden und nähte sich das Teil wieder an. Es ging schwierig, das heißt eigentlich nur mit den gebrochenen Fingern, weil er ja immer noch in der Leichenstarre war. Er nahm sich vor, so lange zu warten, bis sie nachließ, um dann Old Gin's Zuhause zu verlassen, bevor er kam. Diesen Anblick musste er ihm unbedingt ersparen.

Währenddessen waren Sarah und ihre Eltern im Krankenhaus, um Siggi zu besuchen. Die Frau an der Anmeldung hatte von dem seltsamen Verschwinden seiner Leiche aus der Pathologie erfahren, wollte aber die Familie nicht unnötig beunruhigen mit etwas, das sich selbst die Ärzte nicht erklären konnten. So sagte sie lediglich: „Ihr Sohn hat sich auf eigene Verantwortung entlassen. Er hat einfach seine Sachen genommen und ist gegangen.“ Die Sachen waren jedoch in der Asservatenkammer der Polizei gelandet, weil inoffiziell nach einem „entschwundenen Leichnam" gesucht wurde, aber so sicher waren selbst die Beamten nicht, womit sie es hier zu tun hatten. Sarah atmete auf. Dann war er also gar nicht tot! In diesem Augenblick merkte sie, dass Siggi sie zwar furchtbar genervt und terrorisiert hatte. Oft hatte sie ihn zur Hölle gewünscht, aber jetzt erkannte sie, was es hieß, jemandem den Tod an den Hals zu werfen, und Siggi war immer noch ihr kleiner Bruder. Der kleine Bruder, der immer so süß gequiekt hatte, wenn sie ihn kitzelte, den sie mal vor bösen älteren Jungs beschützt hatte und der sie zum Dank in den Arm genommen und gesagt hatte: „Du bist die beste und mutigste Schwester der Welt!", und der kleine Bruder, den sie eigentlich immer noch lieb hatte. Das Einzige, was störte, war seine ständige Drohung mit Petzen, wenn er nicht mehr der Prinz auf der Erbse war.

Sarah erinnerte sich an den Satz mit der Kröte. Aber hatte die Kröte denn gewusst, wie sie fühlte, wenn sie selbst doch vom Gegenteil überzeugt gewesen war? Oder besser gesagt: Der Geist der Kröte… Sarah war sicher, dass Siggi lebte. Genau wie ihre Eltern. Sie gingen zur Polizei und wollten eine Vermisstenanzeige aufgeben. „Es war sein Geburtstag?" fragte der Beamte. „Der taucht schon von selbst wieder auf. Erst in 48 Stunden können wir eine Anzeige aufnehmen… Ach ich sehe hier gerade, das ist schon einmal passiert? Haben Sie keine Sorge, der kommt, früher oder später!"

In zwei Tagen war Siggi nicht aus der „Behausung" gekommen. Er hatte immer auf Old Gin gewartet, dann wäre er gegangen. Aber Old Gin kam nicht. Das war ein Grund zur Beunruhigung. Sollte er ein Ticket zusammengebettelt haben und umgezogen sein? Oder war er vielleicht im Gefängnis? Wegen Erregung öffentlichen Ärgernisses oder so? Siggi beschloss, sich selbst auf die Suche zu machen. Als er aufstand, war seine Leichenstarre weg, auch die Finger schienen nicht mehr so gebrochen zu sein, alles ließ sich schmerzfrei bewegen. So öffnete er vorsichtig die Tür, wartete eine Bahn ab und rannte dann, so schnell wie früher, zu der Station zurück. Von dort aus sahen ihn viele Menschen an und er sah den Schreck, das Grauen in ihren Gesichtern. Er sah in den Spiegel und erschrak selber: Er war ein fürchterlich grauhäutiger Zombie!

Da es Nacht war, hoffte er, nicht allzu sehr aufzufallen, so stülpte er sich die Kapuze bis über die Stirn und steckte die Hände in die Taschen. Tief gebeugt ging er die Straßen entlang, bis er in ein sogenanntes „Armenviertel" kam. Die Wandfarben der Häuser blätterten ab, waren meist schmutziggrau, die Fenster blind, die Rahmenfarbe rieselte auf das Fensterbrett darunter, eben typische „Sozialwohnungen". Siggi ging weiter, da hörte er ein „Pssst!" vor sich aus der Dunkelheit. Er sah hin, konnte aber nur Konturen erkennen. Der Mann trat ins Licht der Straßenlaterne. „Old Gin!" rief Siggi und strahlte, er wäre ihm am liebsten um den Hals gefallen, traute sich aber nicht, denn er wusste, wie er aussah und was er war. „Komm, Junge!" sagte der alte Mann und zog ein Schlüsselbund aus der Hosentasche. „Du hast eine Wohnung, eine richtige Wohnung? – Wow!" Siggi freute sich mit ihm. „Ja, komm mit! Ich habe was von dir gelernt und war beim Sozialamt", sie gingen eine Treppe herauf, dann schloss Old Gin auf, sie kamen in einen trostlos grauen Flur, in einem Zimmer stand eine Leiter mit einer Plastikplane und mehrere Farbeimer, in dem anderen stand nur ein Bett, ein Tisch, ein Stuhl und ein Kleiderschrank. Old Gin setzte sich auf das Bett, Siggi auf den Stuhl.

„Und nun erzähl du mir mal, was dir passiert ist", sagte Old Gin, zündete sich eine Zigarre an und blies ein paar Kringel in die Luft, während Siggi erklärte, was vor ein paar Tagen vorgefallen war. „Ja, ich meine es ernst, herzlichen Glückwunsch, aber richtiges Glück, nachträglich!" sagte Old Gin. „Ach wozu, ich bin ein verdammter Zombie!" Siggi liefen inzwischen doch Tränen übers Gesicht. „Wer sagt das?" fragte Old Gin. „Mein Spiegelbild, und die Leute erschrecken sich, ich habe ein Ohr verloren und es wieder angenäht!" schluchzte Siggi. Old Gin ging nach nebenan und holte einen Frisierspiegel von der Badezimmerkonsole.

Den hielt er sich vors Gesicht und fragte: „Was siehst du?" Siggi sah hin und meinte: „Dich!" „Okay", meinte Old Gin und hielt ihm den Spiegel vors Gesicht. „Und was siehst du jetzt?" Siggi sah sich im Spiegel. Nicht als Zombie, sondern als neuerdings 16jähriger Jugendlicher. „Nicht, dass mich das erstaunt", meinte Siggi, „so was wie Zombies gibt es ja nicht." „Das stimmt", meinte Old Gin. „Aber einen Beweis müsste es geben", Siggi drehte den Spiegel um . . . und da sah er es! Es stimmte! Er hatte sich wirklich das Ohr angenäht! Old Gin blieb ruhig und fragte Siggi, ob er schon mal Stimmen gehört hätte, die sonst niemand hört. „Du hältst mich für verrückt", meinte Siggi, „Aber hier siehst du doch: Ich hab es mir wirklich wieder angenäht!" „Na gut", meinte Old Gin, „Dann können wir mal die Fäden ziehen und schauen, was passiert."

Sie zogen die Fäden . . . und das Ohr blieb fest, wo es war. Es waren nur Einstichspuren zu sehen. „Soll ich mir jetzt alles nur eingebildet haben, die Blicke der anderen, die Bemerkungen, die Bewegungsstörungen . . .?" „Das klingt alles ein bisschen nach Korea Huntington, einer Nervenkrankheit, oder Parkinson. Aber in diesem Alter können diese Krankheiten noch gar nicht ausbrechen", meinte Old Gin. „Die anderen haben mich auch so gesehen!" sagte Siggi. „Wie kommt das?" Old Gin nahm einen Zug von der Zigarre und meinte: „Wenn man längere Zeit nichts gegessen hat, sieht man die Engel schwimmen und die Haie fliegen."

Ach so, dachte Siggi, dann hab ich mir wirklich alles eingebildet. „Und wenn man die anderen ansieht, nach dem Motto: Siehst du, ich bin hässlich! Dann schauen sie einen an, weil sie Angst haben, man ist ein Stalker oder so was." Nun sah Siggi etwas klarer. „Danke, Old Gin, du hast mir wieder mal voll aus der Patsche geholfen!" Old Gin antwortete: „Noch nicht. Es ist nicht unbedingt immer so, wie es scheint. Das weißt du. Aber kennst du jemanden, der dir einen fürchterlichen Denkzettel verpassen will? Irgendwie stinkt die Sache nämlich. Sieht aus, als hättest du jemanden sehr ärgerlich gemacht." Siggi brauchte nicht lange überlegen, bevor er antwortete: „Das kann nur meine Schwester Sarah sein.

Sie kriegt immer Besuch von Fledermäusen ohne Flügeln, diese Gruftis, weißt du. Und sie stylen sich alle total schräg, hängen in zwielichtigen Discos ab und dort schneit es", er machte eine Bewegung mit dem Finger und der Nase, „nicht nur im

Winter." „Das alles sind keine Gründe, dich so fertig zu machen", meinte Old Gin. „Starke Gefühle wie Liebe und Hass oder auch Verletzungen können, zusammen mit dem festen Glauben an eine Sache, die obskursten und unglaublichsten Phänomene hervorrufen. Da wollte sich jemand an dir rächen, und du weißt, wer und warum." Siggi wurde rot. Die Erpressungen, die Petzandrohungen, die Schuleschwänzereien, das Petzen der Schuleschwänzereien . . . Sollte er jetzt wirklich bei den Eltern petzen, dass Sarah eine Goth und Drogenkonsumentin war? Old Gin stand auf und drückte den Zigarrenstummel im Aschenbecher aus. „Bring das in Ordnung, Junge. Geh auf diese Person zu und reiche ihr die Hand zur Versöhnung. Danach wird alles besser."

Auf dem Weg nach Hause kam Siggi die Idee, dass er seine Schwester nicht mehr um Alkohol bitten brauchte, denn mit 16 durfte er beispielsweise auch gesetzlich legal Bier trinken. Als er klingelte, öffneten seine Eltern. Sie freuten sich so sehr, dass er wieder da war, dass sie ihm keine Vorhaltungen wegen der wilden Fete machten. Sie nahmen ihn in die Arme und sagten: „Gott sei Dank, dass du wieder hier bist!" Sarah stand am Treppenabsatz und schien sich nicht wirklich zu freuen. Siggi ging zu ihr und meinte, auf ihr Zimmer deutend: „Auf ein Wort." Sarah wurde ganz blass. Nun bestand für Siggi kein Zweifel mehr daran, dass er ihr diesen faulen Zauber zu verdanken hatte.

Beide setzten sich wortlos auf ihr Bett, dann meinte Siggi: „Ich weiß, es war scheiße von mir, dich mit den albernen Feten, Alkohol usw. zu versklaven. Wahrscheinlich hätte ich genauso gehandelt. Echte Brüder benehmen sich anders." Sarah wurde rot und nickte. „Ich werde mit meinen Eltern reden. Ich bin kein Vampir und hab auch keine Depressionen. Es gibt halt die dunkle Szene, diese Gothic, und ich hab mal absichtlich so eine Zeitschrift im Wohnzimmer liegen lassen. Außerdem nehme ich keine Drogen. Mir wurden mal welche angeboten, aber freiwillig würde ich so ein Zeug nie nehmen." Siggi nickte und reichte ihr die Hand. „Frieden?" Sarah ergriff die Hand und fragte: „Okay. Aber wie konnte das sein, du weißt schon, dass du so kalt warst und all das?" Siggi erinnerte sich an einen Spruch seines Freundes aus dem Armenviertel und meinte: „Du bist nicht, wie die Leute glauben, dich zu sehen, sondern du glaubst, du siehst dich so, wie die Leute dich sehen."

Sarah musste ein Weilchen über diesen Spruch nachdenken. Später sprach sie mit ihren Eltern und stellte ihnen ihre langjährigen Freundinnen vor. Sie wirkten überhaupt nicht geschockt, eher interessiert.

Es sind nicht irgendwelche dahin gesagten Formeln oder Floskeln, die aus uns Menschen machen, sondern die Ehrlichkeit und der Mut, diese Ehrlichkeit auszusprechen.

Als Lucy Fontwell noch ein Kind gewesen war, da hatten sie Bahnhöfe geängstigt. Nun, vielleicht war geängstigt nicht das richtige Wort dafür und man sollte einen Schritt weiter gehen und es zu Tode geängstigt nennen, aber wahrscheinlich würde das in den Ohren der meisten Menschen zu übertrieben klingen. Bahnhöfe – und vor allem diejenigen unter der Erde – hatte sie so sehr gefürchtet wie sonst nichts in ihrem jungen Kinderleben.

Früher hatte Lucy bei ihrer alten Tante Maye gelebt. Folglich war das meiste, an das sich Lucy aus ihrer frühsten Kindheit erinnern konnte, eine Unmenge von Katzen, selbstgehäkelte Zierdeckchen und warmer Apfelkuchen. Jeden Samstag waren sie und Tante Maye zusammen in die Stadt gefahren. Mit der U-Bahn.

Allein schon das Gefühl, die Treppe hinabzusteigen, die unter die Erde führte, war ihr unheimlich. Es war ihr sogar so vorgekommen, als wäre die Luft dort unten anders wie die oben; dicker und abgestandener, wie als käme sie direkt aus einem Grab.

Am liebsten wäre sie jedes Mal schon an der Treppe umgekehrt und hätte das Weite gesucht, doch Tante Maye hielt unbarmherzig ihre kleine Hand umklammert und führte sie weiter hinab in das dunkle Reich unter der wirklichen Welt. Die grellen Neonröhren, die selbst tagsüber brannten, stachen Lucy in die Augen und das Getöse der näherkommenden Züge ließ sie jedes Mal vor Schreck zusammenzucken. Jeder näherkommende Zug wirkte auf sie wie ein übergroßer Wurm, der aus einem dunklen Abgrund hervorschnellte. Sogar das Geräusch, dass Tante Mayes braune

Schuhe mit den Blockabsätzen auf den Bodenplatten erzeugten, kam Lucy viel lauter und störender vor als sonst.

Sie hasste es, dass sie beim Fahren nicht aus den Fenstern sehen konnte, weil sie da immer das Gefühl gehabt hatte, der große Wurm hätte sie verschluckt. Es war einfach alles unheimlich und Furcht einflößend gewesen für ein Kind in ihrem Alter, das die ersten vier seines Lebens in einem kleinen Dorf auf dem Land verbracht hatte, wo es nur Züge gab, die über der Erde fuhren und an winzig kleinen Bahnhöfen hielten.

Heute war Lucy Fontwell zwar nicht mehr zu Tode geängstigt, wenn sie einen Bahnhof betrat – diese Angst hatte sie irgendwann in der Teenagerzeit verloren – aber sie waren ihr immer noch ziemlich suspekt. Wenn es sich vermeiden ließ, fuhr Lucy nicht mit der U-Bahn. Entweder suchte sie sich ein Taxi oder bat irgendjemanden sie nach Hause zu fahren, auch wenn U-Bahn-Fahren in einer Stadt wie London fast schon zum guten Ton gehörte.

Heute war leider ein Tag, an dem es sich nicht vermeiden ließ, einen Bahnhof zu betreten. Sie war mit Adrian auf einem Essen gewesen, das ihre Firma – eine relativ große Anwaltskanzlei, wo Lucy als Empfangsdame arbeitete - veranstaltet hatte. Sie waren mit Adrians Wagen gekommen, aber zurückgefahren war er alleine – nun ja, nicht wirklich alleine, aber Lucy zählte Gwen, die Sekretärin des Senior-Chefs, nicht als selbstständig denkendes Individuum.

Sie hatte vorgehabt, Adrian Kelley im Juli zu heiraten. Als sie sich bei ihr Zuhause getroffen hatten und dann gemeinsam losgefahren waren, da hätte Lucy niemandem geglaubt, der ihr gesagt hätte, dass Adrian es auf diesem Essen mit der Büroschlampe Gwen auf dem Klo treiben würde. Aber das tat er nun mal. Und das schlimmste waren dann noch Adrians Worte gewesen, als sie ungläubig in der Tür zur Damen-Toilette gestanden und die beiden in flagranti erwischt hatte.

„Ich wollte es dir schon viel früher sagen, ehrlich, Lucy. Wahrscheinlich wäre es das Beste, wenn wir das mit der Hochzeit vergessen."

Wahrscheinlich wäre es das Beste, wenn wir das mit der Hochzeit vergessen. Oh, was glaubte dieser Kerl denn überhaupt? Dachte er wirklich, dass sie ihn noch hätte heiraten wollen? Aber Lucys Ärger galt nicht nur Adrian und Gwen, nein, auf sich selbst war sie noch viel, viel wütender. Was für eine dumme Gans war sie eigentlich? Warum hatte sie es nicht gemerkt? Natürlich, jetzt gab alles einen Sinn; warum er sie so oft versetzt hatte oder auch, dieses ungute Gefühl, als Adrian auf der Weihnachtsfeier der Kanzlei mit Gwen so dicht beieinander getanzt hatte. Mit Gwen, die damals einen roten Minirock trug und auf dem Kopf mit einer We wish you a merry Christmas-spielenden Weihnachtsmannmütze ausgestattet gewesen war, die ununterbrochen farbenfroh blinkte.

Sie hatte auf dem Absatz kehrt gemacht und war aus der Toilette gestürmt. Auf die Schnelle fand sich niemand, der sie hätte nach Hause fahren können, geschweige denn von einem Taxi. Und das einzige, was sie jetzt noch wollte, war nach Hause. Einfach nur nach Hause.

Jetzt war es zehn vor zwölf und die Tränen waren auf Lucys Wangen endlich getrocknet. Der Bahnsteig war fast leer. Ein alter Mann stand neben dem Fahrplan und studierte ihn eingehend, ein junges Pärchen konnte im grellen Neonlicht des Cola-Automaten die Finger nicht voneinander lassen und ein paar Teenager lachten über irgendwelche billigen Witze, die sie in einer Late-Night-Show im Fernsehen aufgeschnappt hatten.

Lucy wandte sich von ihnen ab und musste wieder an Adrian und seine Worte denken. Doch sie fühlte sich, als wäre sie ein alter Spiegel und jeder Gedanke an Adrian Kelley und ihre gelöste Verlobung verschaffte dem Spiegel einen neuen Sprung. Aber da gab es noch mehr in ihr; mehr als ihre verletzten Gefühle und dieser stechender Schmerz in der Brust. Ein immer stärker werdender Zorn auf den Mann, den sie geglaubt hatte zu lieben, und eine schier übergroße Wut auf sich und ihre eigene Blindheit überfluteten Lucy innerlich.

Die elektrische Anzeigetafel rechts über Lucy zeigte an, dass der nächste Zug um 0.05 fahren würde – noch 10 Minuten.

Genervt suchte sie in ihrer Tasche nach einem Taschentuch, um sich die verlaufene Wimperntusche aus dem Gesicht zu wischen. Sie fand weder ein Taschentuch, noch ihren kleinen Schminkspiegel, den sie sonst immer griffbereit in einem Seitenfach deponierte.

„Auch egal", sagte sie sich selbst leise und zog genervt den Reißverschluss ihrer Handtasche wieder zu.

Kurz darauf erschienen Scheinwerfer im Tunnel und kündigten die Ankunft der U-Bahn an. Der Zug kam zischend vor ihr zum Halten und die Tür ging auf, noch ehe sie auf den Knopf drücken konnte. Außer ihr stieg niemand mehr ein. Die Türen schlossen sich mit einem lauten Geräusch, das

Lucy an entweichende Luft aus einem Teekessel erinnerte. Als sich der Zug in Bewegung setzte, konnte sie das junge Pärchen und die Teenager durch die Scheiben verschwinden sehen. Dann seufzte Lucy und ließ sich auf die Sitzbank sinken, die ihr am nächsten war. Sie war alleine in der U-Bahn und es gab niemanden, der sie hätte stören oder nerven können – oder der sie wegen ihres zerlaufenen Make-ups blöd angestarrt hätte.

Nein, das war nicht richtig. Als sie den Kopf drehte und genauer hinsah, fiel ihr auf, dass ganz hinten noch jemand war. Am Ende des Abteils saß ein Mann. Er hatte die Beine übereinander geschlagen und las konzentriert in einem Buch. Lucy lehnte sich mit der Schulter gegen das Fenster. Entweder hatte der sie nicht bemerkt, oder er kümmerte sich nicht darum; jedenfalls schien sie sich keine Sorgen darum machen zu müssen, blöde von ihm angestiert zu werden.

„Nein, ich habe dich sehr wohl bemerkt, aber ich habe mir gedacht, ich warte mal ab, ob du näher kommst oder lieber das Weite suchst.", sagte der Fremde plötzlich, und ohne von seiner Lektüre aufzusehen. Lucy zuckte beim Klang seiner Stimme zusammen, als ob man sie einmal heftig ins Gesicht geschlagen hätte. Seine Stimme war sehr tief, ganz anders, als man es von einem Mann wie ihm gedacht hätte. Doch das war es nicht, was Lucy so überraschte.

Vielmehr gab es eine seltsame Art von Unterton darin, etwas, was sie nicht richtig beim Namen zu nennen wusste und auch noch nie zuvor bei jemandem gefunden hatte. Die Stimme wirkte so wenig menschlich, so übernatürlich und irgendwie sehr, sehr alt.

Und er hatte ihre Gedanken erraten. Oder sie gelesen.

„Was haben Sie da gesagt?", brachte Lucy zögernd hervor, immer noch nicht sicher, was sie von dem hier halten sollte. Es war völlig absurd zu denken, dass dieser Kerl ihre Gedanken lesen konnte. Wahrscheinlich hatte er wirklich nur geraten. Trotzdem fühlte sich Lucy in seiner Gegenwart nicht wohl, auch wenn er am anderen Ende des Abteils saß. Wirre Gedanken wirbelten in ihrem Kopf durcheinander und sie wischte sie alle mit einem energischen Kopfschütteln bei Seite. Die Ereignisse des Abends hatten sie doch etwas zu sehr durcheinander gebracht. Jetzt phantasierte sie sich schon die seltsamsten Sachen über einen offensichtlich harmlosen Mann zusammen, der zufällig mit ihr in derselben U-Bahn saß. Woher dieses abstrakte Zeug in ihrem Kopf kam, wusste sie selbst nicht recht, aber sie schob es auf ihre überdrehten Nerven.

Tief seufzend erhob sich der Mann und kam auf sie zu. Er setzte sich Lucy gegenüber und legte sein Buch mit dem Rücken nach oben beiseite. Es war in altes Leder gebunden, so wie die Bücher in Antiquariaten und Bibliotheken, und trug den Titel „Die Kanal- und Bewässerungssysteme von London". Lucy fand den Titel komisch; nicht gerade die Art Lektüre, die man in Bahnhofsbuchhandlungen oder Kiosken kaufen konnte.

„Ich habe Sie nicht gebeten sich zu mir zu setzen.", sagte sie und hoffte, dabei energisch zu klingen. Vielleicht war der Typ doch kein so harmloser Fahrgast, wie sie angenommen hatte. Um diese Zeit trieben sich genug perverse Unholde in London herum. Jedenfalls rutschte sie vorsichtig so weit weg, wie es nur ging und zog den Reißverschluss ihrer Jacke weiter zu.

Als Lucys Blick wieder den seinen traf, sah sie, dass er lächelte. Jetzt konnte sie auch das erste Mal richtig sein Gesicht erkennen. Er war jung - jünger als die Stimme es annehmen ließ – und ungemein gutaussehend; wie sie zugeben musste. Seine Kleidung schien aus den teuersten Läden der Oxford Street zu stammen; er trug Calvin-Kline-Jeans, die saßen, als ob sie maßgeschneidert wären und ein schwarzes Seidenhemd. Er hatte die obersten drei Knöpfe hatte offen stehen lassen, sodass Lucy einen Blick auf seine bleiche Brust werfen konnte. Außerdem hatte er sich einen dunklen Mantel aus irgendeinem teuren Material übergeworfen, von dem sich Lucy sicher war, dass er allein ihr Monatsgehalt sprengen würde. Seine Füße steckten in Sneakers, die aussahen, als hätten sie die letzten zwanzig Jahre im Schrank verbracht, in Wirklichkeit aber ein sündhaft teures Produkt eines Edel-Labels waren.

Die Finger seiner linken Hand trommelten einen unbekannten Takt auf dem Buch neben sich, die Fingernägel dazu waren profimäßig manikürt, eine Rolex baumelte um sein Handgelenk. Er trug einen Dreitagebart im Landstreicher-Look, der aber so sauber und perfekt abgestimmt wirkte, dass beinahe der Name des Stylisten darauf zu sehen war.

All diese Eindrücke überfluteten Lucy Fontwell innerhalb von nicht einmal einer Minute. Dieser Mann wirkte in einer U-Bahn so fehl am Platz wie ein Bettler im Buckingham Palace. Und irgendetwas war anders an ihm. Nur konnte sie nicht sagen, was es war. Ob jedoch gefährliche Vergewaltiger, die in U-Bahn-Zügen auf Opfer warteten und währenddessen in Büchern über Kanalsysteme lasen, so aussahen, begann sie doch leicht anzuzweifeln.

„Na, können wir jetzt weiter machen oder soll ich dir noch ein paar Minuten Zeit lassen, um mich anzustarren?", der Fremde hatte die Arme vor der Brust verschränkt und musterte sie aus den seltsamsten Augen, die Lucy jemals gesehen hatte. In einem Moment schienen sie violett zu funkeln, im anderen glaubte sie, sie wären nichts weiter als dunkelblau. Sie fragte sich, warum ihr diese Augen erst jetzt auffielen. Hatten sie vorhin schon so ausgesehen?

„So, Sweetheart, jetzt können wir uns ein wenig unterhalten. Oder nicht?" Ein Lächeln umspielte seine Züge, jedoch war ein Lächeln, von dem Lucy fand, dass es einem die Seele in der Brust gefrieren lassen konnte.

„Ich glaube nicht, dass ich mich mit Ihnen unterhalten will.", sagte sie energisch und wandte den Blick ab. So ungeschickt, wie sie war, hatte sie es wahrscheinlich fertig gebracht, den Mann mit ihrer Starrerei dazu zu verleiten, falsche Schlüsse zu ziehen. Wie es aussah, stolperte Lucy von einem Fettnäpfchen ins nächste; vom Regen in die Traufe, oder wie das so schön hieß.

„Aber ich würde mich gerne mit dir unterhalten, Lucy."

Von tausend kleinen Alarmglöckchen in ihrem Schädel aufgeschreckt, hob sie den Kopf. Woher kannte dieser Kerl ihren Namen? Von Minute zu Minute wünschte sie sich mehr, dass der Zug endlich irgendwo halten würde Doch er ratterte nur weiter durch die unterirdischen Röhren von London.

Missbilligend runzelte sie die Stirn. „Kennen wir uns?"

„Nein, nicht direkt. Aber tut das etwas zur Sache? Willst du dich nicht neben mich setzen?", er deutete auf den freien Platz neben sich. Als sie keine Anstalten machte, näher zu kommen, klopfte er zwei Mal mit der flachen Hand auf das Polster. Lucy blieb weiterhin wie festgewachsen af ihrem Platz sitzen. Der Mann seufzte kurz und zuckte mit den Schultern.

„Dann eben nicht. Wie du willst."

„Wer sind Sie?", wollte sie wissen und war stolz darauf, dass ihre Stimme jetzt fester klang.

„Oh, du kannst dir einen Namen aussuchen, Lucy Fontwell."

Die rote Alarmglocken klingelten wieder in ihren Ohren auf. Nein, mehr: Sie schlugen schmerzhaft gegen die Innenseite ihres Schädels. „Woher kennen Sie meinen Namen?"

Der Mann zuckte wieder mit den Schultern. „Sagen wir mal, ich weiß so einiges.", wieder dieses eisige Lächeln. Er griff in seine Manteltasche, holte lässig eine verknitterte Packung Fisherman's Friends heraus und schob sich genüsslich eines in den Mund. Er fragte sie nicht, ob sie auch eins haben wollte oder tat sonst irgendetwas, was der Anstand vielleicht verlangt hätte. Nicht, dass sie auch nur auf die Idee gekommen wäre, von diesem Kerl etwas zu nehmen.

Plötzlich kam Lucy ein Gedanke.

„Wahrscheinlich haben Sie mich bei Edwards und Adams getroffen. Ich arbeite dort am Empfang. Ja, das ist es.", sie versuchte zu lächeln und dachte an das kleine Namensschildchen in ihrer Handtasche. Das Lächeln fühlte sich stark gekünstelt an und ihre Mundwinkel spannten unangenehm.

„Nein, ich glaube nicht", erwiderte er schlicht.

Daraufhin wusste Lucy nicht, was sie sagen sollte. Die Antwort hatte so sicher und bestimmend geklungen, dass ihre ganze Zuversicht in den Keller gefallen war. Die Erleichterung, die sie gerade eben noch gespürt hatte, war verflogen und Lucy fühlte sich, als wäre sie nie da gewesen.

„Und was glauben Sie alles über mich zu wissen?", fragte sie mit einer leicht verzehrten Stimme. Das ist wie bei Hunden, fuhr es ihr durch den Kopf, du darfst einem Hund niemals zeigen, dass du Angst vor ihm hast. Was konnte er denn schon wissen?

Ihr Gegenüber griff sich noch ein weiteres Fisherman's, knüllte dann die leere Packung zusammen und warf sie achtlos auf den Boden. Lucys Blick blieb an dem rot-weißen Papier hängen – die Bonbons waren mit Kirschgeschmack.

„Ich weiß zum Beispiel, dass du Tante Maye Geld aus der Brieftasche geklaut hast, als du sieben warst. Oder ich weiß auch, dass du mit dem Fußball die Scheibe von Mr. McDermots Wohnzimmer eingeschossen hast und dann behauptet, es wäre Bobby Ferguson von gegenüber. Damals warst du zehn. Und natürlich weiß ich auch, dass du mit fünfzehn auf dem Guns 'n' Roses-Konzert warst, obwohl du nicht durftest, und Tante Maye erzählt hast, du würdest als Aufpasserin mit den Kindern von der Musikschule ins Zeltlager fahren.", er lächelte immer noch auf seltsame Weise und entblößte ungewöhnlich weiße Zähne.

Lucy fröstelte, als würde ein halbes Dutzend Eiswürfel ihre Wirbelsäule hinab gleiten. Sie verschränkte die Arme vor der Brust und begann abwesend ihren Ellenbogen zu reiben.

„Woher . . .“

„Ich kenne dich, Lucy. Ich kenne dich sogar sehr gut.“, flüsterte er leise und seine seltsamen Augen funkelten unwirklich; wie zum Leben erwachte Edelsteine.

Dann lachte er, als wäre das ganze besonders komisch. Er stand auf und lief in der U-Bahn umher. Lucy sah erst auf ihre Uhr und dann durch die dunklen Scheiben. Es war halb eins und der Zug hatte noch an keiner einzigen Haltestelle gehalten. Gab es überhaupt Stationen in diesem U-Bahn-Netz, die so weit auseinander lagen? Irgendwie kam ihr die ganze Situation immer verzerrter und unwirklicher vor; genauso wie dieser seltsame Kerl in dem teuren Designer-Mantel.

„Wenn du das Gefühl hast, mich nicht zu kennen, dann kann ich auch eine Gestalt annehmen, die du kennst.“, sagte der Mann plötzlich und Lucy hob den Kopf.

Und dann verwandelte sich der Fremde in Tante Maye. Einfach so. Oder besser gesagt, der Mann in den teuren Designer-Sachen verschwand in einem Atemzug, und Tante Maye tauchte im nächsten auf. Es wirkte wie ein billiger Special-Effekt in einem Film; als hätte man eine wichtige Schlüsselszene weggelassen, in der einer der Hauptakteure die Bühne verließ und ein anderer sie betrat.

Da stand Tante Maye vor ihr. Von den klobigen, braunen Schuhen mit den schweren Blockabsätzen über das spitzenbesetzte Blümchenkleid bis hin zu der ausgebeulten, roten Handtasche von Harolds, die sie im Winterschlussverkauf gekauft hatte. Dann wurde Tante Maye ohne Vorwarnung zu ihrer Nachbarin Mrs. Ashby, mit ihrer übergroßen Adlernase, dann zu Neil von der Arbeit, zu Büroschlampen-Gwen, zu ihrer Mutter, ihrem Grundschullehrer Mr. Wyatt und zu ihrer alten Freundin Linda, die immer noch diese seltsamen roten Flecken im Gesicht hatte wie damals in ihrer Schulzeit. Schließlich wurde Linda zu Adrian und dann war der seltsame Fremde wieder er selbst.

Lucy hielt den Atem an und schluckte schwer. Sie konnte in der Tat ihren Augen nicht trauen. Ein Schrei kroch ihre Kehle hinauf, aber es gelang ihr nicht, in auszustoßen. Stattdessen setzte er sich wie ein übles Geschwür in ihrem Rachen fest.

„Was wollen Sie von mir?", fragte sie und spürte, wie ihre Selbstbeherrschung schrumpfte, als wäre sie ein Eisberg in der Wüste.

„Sagen wir mal so, ich will dir ein Geschäft vorschlagen, Herzchen. Ich gebe dir, was du willst und du gibst mir, was ich will."

„Sie haben nichts was ich wollen könnte." In ihrem Kopf wirbelten Bilder von Tante Maye und Adrian durcheinander, sie sah Gwen und Linda, alle gleichzeitig. Sie konnte immer noch nicht glauben, dass das, was sie gerade gesehen hatte, auch tatsächlich passiert war. Nein, das konnte nicht wirklich sein. Wahrscheinlich war sie verrückt. Ja, das war es, sie war schlicht und einfach verrückt und die Sache mit Adrian und Gwen hatte ihr den Abschuss gegeben.

„Oh, oh, oh, wenn du dich da nicht täuschst, Lucy-Schatz. Ich weiß ganz genau, was du willst. Du kannst dich noch so albern benehmen, aber es ist doch sonnenklar, dass du ihn wieder haben willst, nicht wahr?"

„Wen?" Eine seltsame Ahnung überkam sie. Lucy fragte sich, ob sie jetzt wohl schreien sollte – vielleicht würde sie ja das wieder in die Realität zurück befördern.

Und sie hasste diesen Ton, den ihre Stimme mittlerweile angenommen hatte. Es klang, als wären ihre Stimmbänder aus Schmirgelpapier.

„Adrian. Adrian Kelley, deinen Verlobten. Und ich weiß auch noch etwas: Du wünscht der guten Gwen alles nur Erdenkliche an den Hals.", er beugte sich näher zu ihr. „Ein kleiner Tipp von mir: die Pest wäre nicht schlecht, das ist echt der Klassiker, hat bis jetzt immer funktioniert.", er zwinkerte ihr verstohlen zu.

„Ich glaube, ich werde langsam verrückt", murmelte Lucy und vergrub das Gesicht in den Händen.

„Tststs . . . Honigtörtchen, stell dich doch nicht so blöd an! Du hattest im Abschlusszeugnis recht ordentliche Noten, sprichst Französisch und Spanisch und löst das Kreuzworträtsel in der Fernsehzeitschrift innerhalb von zehn Minuten. So dumm kannst du also gar nicht sein, oder?"

„Woher . . .", begann sie, doch sie brachte es nicht fertig, den Satz zu beenden. Sie wollte ihn noch einmal fragen, woher er so viel über sie wusste, aber die Worte erstarben auf ihrer Zunge und wurden zu Staub.

„Es ist ganz einfach; ein Deal. Du bekommst deinen Mr. Kelley und deine Hochzeit zurück und alles ist wieder in Butter. Ich meinerseits bekomme deine Seele. Oder besser gesagt: du versprichst mir deine Seele. Das ist doch nichts großes, oder? Ihr werdet eine große Party schmeißen mit vielen Gästen und Geschenken, du wirst Mrs. Kelley und ihr werdet glücklich bis an euer Lebensende. Ist das nicht schön?“

„Wer zum Teufel sind Sie?“

„Der zum Teufel, das bin ich, ganz recht. Du kannst mich nennen, wie du willst, mein Kleines. Man hat mir schon viele Namen gegeben. Ich, für meinen Teil, fand Luzifer immer ganz nett – da können die Freunde einen immer noch Lou nennen.“, wieder lachte er schallend. Dieses Mal musste er sich vor Lachen an der Rückenlehne der Sitzbank festhalten.

Lucy sah ihn verstört an, als wäre er ein Irrer mit einem Fleischermesser. Oder der Kettensägenmörder.

Er seufzte tief und theatralisch. „Ach, Täubchen! Hast du es immer noch nicht verstanden? Also, noch einmal, zum mitschreiben. Du gibst mir hier und jetzt das Versprechen, dass ich deine Seele bekomme, wenn du stirbst. Weißt du, ich habe Seelen recht gern, ich bin sozusagen ein Vollblut-Sammler, wenn du verstehst was ich meine. Deine Seele, Herzchen, ist ganz entzückend! Und wir wollen doch nicht, dass sie in falsche Hände gerät, nicht wahr?“, dabei deutete er mit dem ausgestreckten Zeigefinger nach oben.

Lucys Blick heftete sich an einem Werbeplakat an der gegenüberliegenden Wand fest. Jesus – dein Bruder in Not. Irgendwie war das alles beinahe komisch aber Lucy war nicht im Geringsten zum Lachen zumute.

Der Fremde folgte ihrem Blick und betrachtete nun seinerseits prüfend das Plakat. Dann schüttelte er bestimmend den Kopf.

„Diese Leute haben wirklich von gar nichts eine Ahnung. Jesus war ein Arsch – und ein Dummschwätzer noch dazu. Hab ihn noch nie leiden können. Seine ganze Familie ist ein Haufen Bekloppter." Seufzend wandte er sich wieder Lucy zu, als wäre er schrecklich beschäftigt und habe nun doch ein wenig Zeit für sie gefunden. Ein, zwei Minuten sah er sie schweigend an, schüttelte dann den Kopf und lehnte sich gegen die Glasscheibe hinter seinem Rücken.

„Du glaubst mir immer noch nicht? Hast wohl noch nie von Faust gehört, nicht wahr?", seine Stimme hatte einen veränderten Tonfall angenommen, der beinahe traurig klang.

„Das kann doch alles nicht wahr sein."

Da fing der Fremde an zu lachen und wäre diese ganze Situation nicht so unglaublich abwegig gewesen, dann hätte Lucy diesen Klang sogar als sehr angenehm empfunden. Er stieß sich von der Scheibe in seinem Rücken ab und setzte sich neben sie. Dieses Mal rutschte Lucy nicht ans andere Ende der Sitzbank. Sie wusste nicht warum, aber irgendetwas hielt sie davon ab. Stattdessen hafteten ihre Augen wie gebannt an dem Mann neben ihr.

„Also so eine wie dich hatte ich wirklich noch nie.", der Blick, den er ihr aus den Augenwinkeln zuwarf, war amüsiert. Dann seufzte er und schüttelte den Kopf. Lucy beobachtete ihn, ohne zu wissen, was sie jetzt tun sollte. So etwas Abwegiges konnte sie sich doch nicht einbilden, oder?

„Du kannst alles haben, was du willst, Süße. Deinen Verlobten. Macht. Geld. Wirklich alles, was du willst. Es ist nur ein kleiner Deal.", er schnippte mit den Fingern und hob vielsagend eine Augenbraue. Sein Kampfgeist und sein Geschäftsinn waren unerschöpflich.

Lucys sah in einen Augenblick lang an, ohne etwas zu sagen. Adrian kam ihr wieder in den Sinn und die Unverfrorenheit, mit der er sie betrogen hatte. Sie rief sich seine Augen ins Gedächtnis, aber es war nicht das, was sie erwartet hatte. In ihrer Erinnerung waren Adrians Augen kalt und gefühllos – es waren die selben Augen, die sie vor fast drei Stunden in der Damentoilette angestarrt hatten, während sie in der Tür stand und den Anblick, der sich ihr dort bot, nicht hatte fassen können. All das gefiel ihr nicht und sie kam zu dem Entschluss, dass sie Adrian gar nicht mehr haben wollte. Er war ihre Seele nicht wert.

Als sie wieder zu dem Mann neben sich aufsah, starrte er zurück, ohne zu blinzeln. Ein Hauch von einem Lächeln umspielte seine Züge. In Lucys Kopf arbeitete es.

„Ich will Adrian nicht mehr haben.", sagte sie nach einer langen Pause. Sie sprach jedes Wort einzeln aus, als wöge es zentnerschwer auf ihrer Zunge.

„Sag nur was du willst, und in diesem Moment soll es dir gehören.", er machte eine vielsagende, alles umfassende Geste.

„Ich will . . ."

„Was soll es sein?", drängte der Mann neben ihr aufgeregt und seine rechte Hand umklammerte fest das Polster der Rückenlehne, wie als könnte er sich vor Vorfreude gar nicht mehr richtig in den Griff bekommen.

Lucy sah nach oben in sein Gesicht und ihre Stimme wurde sehr ernst, als sie schließlich sprach. „Ich will es ihm heimzahlen. Er soll dafür büßen, dass er mich mit dieser blöden Schlampe Gwen und weiß Gott mit wem noch betrogen hat.

Rache, das ist, was ich will. Bittere und schmerzhafte Rache."

„Das ist ja phantastisch, Mädchen. Aber sei bitte so gut, und lass Gott da aus dem Spiel, in Ordnung?", er strich sich gedankenverloren durchs Haar und gab ihr einen Blick aus den Augenwinkeln heraus. „Willst du das wirklich?", fragte er lauern.

„Das ist mein letztes Wort.", sagte Lucy schon etwas bestimmter und befeuchtete ihre trockenen Lippen mit der Zunge. Ihre Kehle fühlte sich an wie ausgedörrt. Der Zug und die U-Bahn schienen ihr ganz weit weg, das Gefühl für Zeit hatte sie verloren; Sekunden kamen ihr vor wie Minuten und Minuten wie Stunden. Irgendwo ganz tief in ihr schrie etwas um Hilfe, doch Lucy brachte es grob zum Schweigen. Sie wusste nicht, was so plötzlich in sie gefahren war. Aber: Soweit wie sie jetzt schon gegangen war, gab es keine Möglichkeit mehr umzukehren.

Warum sie jedoch so weit gegangen war, wusste sie nicht.

Aber sie wollte es wirklich. Für kein Geld der Welt hätte sie Adrian mehr zurück haben wollen. Doch ihre Wut auf ihn war so groß, dass sie ihn auch nicht ungeschoren davonkommen lassen wollte. Zwar protestierte wieder etwas in Lucy, fragte sie ob sie eigentlich noch bei Sinnen war, überhaupt darüber nachzudenken, auf so eine Abmachung einzugehen, aber es bedeutete ihr nichts. Dieser eine Gedanke füllte sie vollkommen aus. Es war ihr jetzt egal, ob sie verrückt war. Vielleicht war das sogar besser so.

„Hast du schon eine Idee, was du deinem Mr. Kelley für eine nette Überraschung bereiten möchtest? Vielleicht willst du es wirklich mal mit einer Seuche versuchen? War im Mittelalter wirklich der Renner unter den frustrierten Frauen.", meinte er und grinste breit über das ganze Gesicht.

Lucy zuckte mit den Schultern. Sie fühlte sich etwas überrumpelt. Alles kam hier so schnell hintereinander. „Ich weiß es nicht...ich...", der Satz verlor sich im Nichts. Sie hatte keine Ahnung.

„Wie ich sehe, hast du da so deine Probleme, dich zu entscheiden. Na ja, macht nichts. Die phantasievollste warst du sowieso noch nie.", er legte den Kopf schief und grinste sie weiterhin an wie ein Honigkuchenpferd. Lucy fragte sich, ob er sie wohl auslachte.

„Wir machen das schon. Pass auf." Mit diesen Worten erhob er sich und schnippte drei Mal rhythmisch mit den Fingern. Und dann erschien wie aus dem Nichts Adrian. Es war fast genauso wie vorhin, als der Kerl, der behauptete, der Teufel höchstpersönlich zu sein, sich in Tante Maye verwandelt hatte.

Von einer Sekunde auf die nächste saß Adrian Kelley ihr plötzlich gegenüber. Auf seinem Gesicht war totale Verwirrung zu erkennen. Überrascht blickte er sich um, schaute über die Schulter und von rechts nach links. Als er Lucy vor sich sah, wurden seine Augen noch größer.

„Was ist passiert? Wie komme ich hier her? Lucy?", er kniff die Augen zusammen, wie jemand der ohne Brille nicht richtig sehen konnte.

„Wie ich sehe, hast du deine Hose wieder an, Adrian.", antwortete Lucy trocken und faltete ihre zitternden Hände im Schoß. An ihren ehemaligen Verlobten zu denken war schon schlimm genug, ihn aber vor sich haben war noch viel schmerzhafter. Wie viele kleine Messer stach sein Anblick direkt in Lucys verletztes Herz.

Der Mann in seinem teuren Designermantel rieb sich geschäftig die Hände aneinander. Auf seinem Gesicht prangte dieselbe Vorfreude wie bei einem kleinen Kind am Weihnachtsabend. „So, da hätten wir ja den untreuen Ex-Verlobten. Dann wollen wir auch gar keine Zeit verlieren, oder?", vertraulich beugte er sich näher zu Lucy hinunter. „Was willst du als erstes, Herzchen?"

Ohne die Augen von Adrian und seinem verwirrten Gesicht zu wenden, sagte sie: „Ich will, dass ihm vor Angst das Herz in die Hose rutscht."

Ein Kichern, wie von einem kleinen Kind, bestätigte die Zustimmung von Lucys neuem Geschäftspartner. „Das find ich gut. Dann wollen wir mal in die Trickkiste greifen, nicht wahr? Diese Mittel wende ich für gewöhnlich nur bei ein paar verstaubten Pfaffen oder alten Jungfern aus dem Bibel-Kreis an."

Das, was daraufhin geschah, passierte so schnell, dass Lucy sogar kurzen Schrei ausstieß. Aber das war gar nichts im Gegensatz zu Adrians schrillem Kreischen, das ihr auch noch in den Ohren widerhallte, als er schon längst damit aufgehört hatte und nur noch wimmerte.

Der Mann, der behauptete, der Teufel höchstpersönlich zu sein, hatte sich dieses Mal nicht in Tante Maye oder sonst wen verwandelt. Das, was jetzt vor ihnen stand, war nicht einmal mehr ein Mensch. Der Körper der Kreatur war seltsam unproportioniert und deformiert, er wirkte auf wie eine mit Pudding gefüllte Hülle, die mal hier hin, mal dort hin schwabbte. Jede Körperstelle war von langen, klaffenden und eitrigen Wunden bewu-

chert. Der Schädel war langgezogen, das Gesicht
entstellt. Ein einziges Auge blickte sie glasig an,
wobei Lucy das Gefühl hatte, es würde im Rhyth-
mus ihres eigenen Herzens pulsieren.

Es streckte einen Arm nach Adrian aus und
versuchte sie mit seinen langen, scherenartigen
Fingern zu greifen. An Armen und Beinen hing
dichtes, schwarzes Haar in Strähnen hinunter.

Nach dem ersten Schock beruhigte sich Lucys
Herzschlag allmählich wieder. Sie zwang sich zur
Ruhe und sammelte alle ihre Nerven zusammen.
Der Teil von ihr, der gegen all das hier ankämpfte,
der Teil von der Lucy, der von dem Abendessen in
der Kanzlei abgehauen war – die alte Lucy – wollte, dass es aufhörte. Aber die neue Lucy legte diesem alten Ich Ketten an und sah dem Ganzen mit
nun unheimlicher Ruhe zu. Währenddessen genoss sie Adrians Schreie und mit jedem Augenblick, in dem seine Angst wuchs, wuchs auch
Lucys Zufriedenheit.

Dann ging plötzlich das Licht für einige Sekunden aus. Lucy bemühte sich um Ruhe; sie wusste
nicht, was als nächstes kam. Ihre Hände umklam-
merten das Polster ihres Sitzes, so dass es beinahe schon weh tat. Als das Licht mit einem ekeler-
regenden, schmatzenden Geräusch wieder an-
ging, war das Monster verschwunden. Stattdessen
war das Abteil auf einmal voller Menschen.

Neben Adrian saß jetzt eine alte Frau. Sie hatte
säuberlich gedrehte Dauerwellen-Locken, die einen seltsamen Blaustich aufwiesen und hielt eine
große, alte Handtasche an ihren üppigen Busen
gedrückt. Adrian starrte sie ungläubig an. Seine
Gesichtsfarbe glich auf unheimlicher Art der Bluse
der alten Frau.

Ziemlich nahe an der Tür stand ein Punk mit neongrünen Haaren und einem Ring durch die Nase. An den Sohlen seiner Stiefel hatte er Metallplatten, die ein nerv tötendes Geräusch fabrizierten, wenn er im Takt zu der Musik aus seinem Walkman auf dem Boden auf und ab wippte.

Eine junge Inderin mit einem kleinen Kind auf dem Schoss saß neben einem Manager in einem teuren Armanianzug. Daneben stand eine Blondine, die sich an einem Halteriemen festhielt. Unter ihren Achseln war der Stoff ihrer Business-Bluse mit Schweiß durchtränkt. Verstört starrte Adrian zwischen all den Menschen umher. Keiner würdigte ihn auch nur eines Blickes.

Lucy selbst saß wie angewurzelt auf ihrem Platz und beobachtete das ganze wie durch eine Glasscheibe. Dann gab es ein Knacken und das Licht erlosch ohne Vorwarnung.

Um sie herum gab es nichts mehr als eine dunkle, undurchdringliche Suppe aus Schwärze. Lucy fühlte sich, als wäre sie schlagartig erblindet. Es gelang ihr nicht einmal mehr Schatten und Umrisse zu erkennen. Das Kind der Inderin begann zu weinen, der Punk hatte aufgehört mit seinen Schuhen im Takt auf und ab zu wippen. Stille umfing sie.

Das Licht ging schlagartig wieder an und ein schriller Schrei entsprang Adrians Kehle. Da waren Kreaturen mit dünnen, langen Fingern und spitzen Fingernägeln, Gestallten mit geschwungenen Hörnern und Wesen mit Bocksfüßen und Libellenflügeln. Die ganzen Menschen, die sie noch vor einer Minute in dem Abteil gesehen hatte, waren verschwunden, als hätte sie jemand ausradiert und diese abstrakten Geschöpfe an ihre Stelle gesetzt.

Trotzdem hatte Lucy keine Angst. Überhaupt schien die gesamte Angst aus ihrem Körper gewichen zu sein und zu Nichts verpufft. Die Zweifel und der Gedanke von Wahnsinn und Trugbildern hatten sich ebenfalls in Luft aufgelöst. Sie genoss Adrians Angst, die beinahe fühlen konnte, als wäre es etwas Festes, greifbares.

„Aufhören!", schrie Adrian und Lucy hatte seine Stimme noch nie so hoch und schrill erlebt. Es fühlte sich gut an. Unheimlich gut.

Die Szenerie verschwand und der Mann in den Designerkleidern erschien wieder, als hätte gar keine Unterbrechung stattgefunden. Der Schalk stand ihm direkt ins Gesicht geschrieben und er unterdrückte mit Müh und Not einen riesigen Lachanfall.

„Wie ist es, Lucy?", fragte er und legte ihr eine Hand auf die Schulter. Lucy ließ die Berührung zu und sah ihn an. Gegen das Lächeln, das allmählich den Weg auf ihr Gesicht fand, konnte sie nichts tun. Es war, als hätte sie etwas in Stücke gesprengt und wieder neu zusammengesetzt; sie fühlte sich anders und gleichzeitig besser. Und sie hätte nie gedacht, dass es ihr solch eine Befriedung bereiten würde, Adrian so vor sich zu sehen.

Adrian sank in die Knie und sein Kopf schellte zwischen Lucy und dem Teufel hin und her.

„Lucy? Bitte Lucy! Mach dass es aufhört! Bitte! Es soll aufhören!", jammerte er und seine rechte Hand stützte sich auf ihrem Knie ab. Lucy wischte sie wie eine lästige Fliege davon. Adrians Augen waren fast doppelt so groß wie normal, regelrecht vor Angst geweitet. Und da war noch etwas, etwas dunkles, das hinter seinen Augen lag und langsam größer wurde.

„Was soll aufhören?", fragte Lucy und es überraschte sie, wie ruhig ihre eigene Stimme eigentlich klang. Der Kloß in ihrem Hals war verschwunden und eine ungewohnte Leichtigkeit hatte ihren Körper erfüllt.

„Die Kälte, Lucy. Es soll aufhören.", flüsterte Adrian.

Der Druck auf Lucys Schulter wurde stärker. Der Mann neben ihr beugte sich näher zu ihr herüber und sein Atem kitzelte ihre Haut, als er ihr ins Ohr hauchte:

„Es ist all deine Wut und dein Ärger, dein Zorn und dein Schmerz. All das gräbt sich jetzt langsam ins sein Herz und vergiftet es von innen, Lucy. Es ist eine schreckliche Kälte, die in jede Faser seines Körpers dringt und ihn verpestet. Dagegen kann jetzt niemand mehr was tun."

„Lucy . . .", Adrians Hand grabschte wieder nach ihr. Mit solch einer Wucht, dass Adrian hinten über fiel, schlug sie die Hand fort. Sie wollte nicht von ihm berührt werden.

„Fass mich nicht an!"

Wie ein geschlagener Hund blieb Adrian auf dem Boden liegen und jammerte. Es war ein erbärmlicher Anblick, der bei Lucy das Gefühl heraufbeschwor, jemand hätte ihren Magen von Innen umgestülpt. Kein Blutbad und keine Schlachtszenarien hätten in ihr denselben Ekel heraufbeschwören können, wie der Anblick dieses Mannes.

Die Hand auf ihrer Schulter wanderte weiter nach oben und berührte sanft ihre Wange. Lucy drehte den Kopf und sah den Mann in dem teuren Mantel an. Seine seltsamen Augen leuchteten geheimnisvoll in dem grellen kaltweißen Licht der Neonröhren.

„Ich will mehr", flüsterte Lucy und auf einmal war ihre Stimme rau und ungewohnt.

Wieder ein Lächeln. „Ich weiß. Es ist ein tolles Gefühl, nicht wahr? Enttäuschte Frauen werden oft zu den besten Rachedämonen, die man sich nur vorstellen kann."

Jetzt lächelte auch Lucy. Sie wusste genau, was er ihr damit sagen wollte.

Als sie das nächste Mal den Kopf hob, sah er sie wartend an.

„Und jetzt?"

Adrian war inzwischen zu einem kleinen Häufchen Elend zusammengesunken und wand sich jammernd wie ein Wurm. Angewidert Lucy ihm einen Blick zu, wie andere Leute vielleicht Spinnen und Käfer angesehen hätten. Ihrer Meinung nach war Adrian ein ganz schönes Weichei. Was hatte sie nur jemals an ihm gefunden?

„Bring es zu Ende."

„Bring du es zu Ende.", sagte der Teufel.

Und das tat sie auch.

Totensonntag

Es war November und das Wetter, wie es meist zu dieser Jahreszeit ist, war kalt und feucht. Besonders in den späten Stunden des Nachmittags kroch der Nebel kniehoch über Wiesen und menschenleere Straßen. Ich zog meinen Mantel enger um mich als ich eben an solch einem Tag zu solch einer Zeit durch den Wald lief. Es war ein nutzloses Unterfangen, denn die Nässe hatte sich in jeder Faser des dicken, schwarzen Wollgewebes festgesetzt.

Manch einer hätte meinen Spazierweg als unheimlich abgetan und erleichtert eine fröhlichere Route gewählt: Der Weg der mich zum alten Waldfriedhof führen sollte, bestand aus gesprungenen Steinplatten, die von totem Laub bedeckt, durch eine düstere Allee führten. Schon zu Zeiten der Pest waren hier entlang Leichenkarren gefahren, um ihre, von der Krankheit zerfressene, Fracht abzuladen. Ein seltsamer Gedanke, der nicht von mir zu sein schien, ließ mich erschreckt anhalten: „...eine glorreiche Zeit, mein Kind . . . für MICH".

Ich sah mich um, doch niemand war da, nur der Wind ließ ein paar Zweige rascheln, wie trockene Knochen. In Gedanken schalt ich mich selber, wie töricht ich doch war und ging weiter.

Ein wenig später hatte ich mein Ziel erreicht: den kleinen Jahrhunderte alten Friedhof, mit den schiefen, moosbewachsenen Grabsteinen und der verfallenen Kapelle. Es war ein Ort an den sich selten jemand verirrte, und wenn verließ ihn man in schnell, denn es wurden Geschichten über den Gottesacker erzählt. Am Totensonntag sollte der Sensenmann persönlich erscheinen. Und ich war eben an einem Totensonntag auf den Friedhof gegangen, nicht aus Neugier, eigentlich wusste ich, dass ich gehen sollte. Ich spürte sofort dass etwas anders war, als ich das Gelände betreten hatte. Eine bedrückende Stille lag in der Luft und. Laut um mich selber zu beruhigen sagte ich, wenig überzeugt: „Geschichten, es sind nur Geschichten."

„Wirklich, Du solltest es eigentlich besser wissen, Kind!" antwortete jemand hinter mir. Doch es war keine menschliche Stimme, dafür war sie zu alt oder besser gesagt alterslos, durchzogen vom Anfang der Zeit. Ich drehte mich langsam um und wusste genau wer hinter mir stand, jedes lebende Wesen weiß, wenn der Tod nah ist.

Das klassische Bild des Schnitters stand vor mir, ein Skelett das einen schwarzen Kapuzenumhang trug, nur die Sense war weiter weg gegen einen Baum gelehnt.

Sein Blick folgte meinem und dann meinte er: „Beruhige Dich, die brauche ich heute nicht. Verdächtige mich doch nicht immer an meinem Beruf zu hängen. Ich kann auch reden, setzen wir uns." Seine Knochenhand zeigte auf das was einmal eine Bank gewesen war. Ich habe Dich beobachtet Kind, Du bist sehr bemüht wenn es darum geht die Menschen an ihre Sterblichkeit denken zu lassen. Und deshalb wollte ich Dir danken. Erfülle weiter Deine Aufgabe, solche Menschen wie dich brauche ich." Er stand auf streckte mir seine Hand hin, die ich zögernd ergriff und sagte: „Wir sehen uns, mein Kind".

Ich habe bis jetzt nie jemandem von meinem Erlebnis erzählt und kann nur sagen: „Der Tod ist weder böse noch unheimlich – er ist nett."

Kaltes Mondlicht macht den ersten Reif der Nacht auf den letzten Blättern der Bäume glitzern. In der Luft das Aroma des nahenden Winters. Ein verschrecktes Käuzchen ruft, als leise Tritte über den hart gefrorenen Waldboden nahen.

Vom Dorf scheinen Lichter empor. Ein Fackelzug bahnt sich den Weg durch enge Gassen. Leises Gemurmel, vom Wind getragen, flüstert der Wald eine Weise. Eisgraue Augen beobachten das Geschehen. Der volle Mond spiegelt sich in ihnen, ruhiger, gleichmäßiger Atem verdampft. Noch wenige Meter trennen die Leute vom Dorfplatz, als leise erster Glockenklang zu vernehmen ist. Ein Schrei durchdringt die Nacht. Niemand vermag zu sagen, ob Mensch oder Tier klagt, doch die Sprache ist die gleiche. Die Stimme der Angst hallt in den Ohren des Beobachters. Er wittert das Feuer, den brennenden Reisig. Seine Augen wollen sich abwenden, doch sein von Spannung und Neugier trunkener Geist lässt ihn vortreten. Jeder Muskel gespannt unter seinem glänzenden Fell.

Die Menge unter seinem Blick bildet einen Kreis um das lodernde Feuer. Ein Mann in schwarzer Robe tritt vor und spricht. Seine Worte sind nicht zu verstehen, doch ihre Bedeutung schwingt in jeder seiner Bewegungen mit. Drohung und Verrat schwängern die Luft, die pflichtbewussten Denunzianten hoffen auf ewiges Seelenheil.

Sie haben sie entdeckt, die Geliebte des Bösen. Sahen sie liegen im Wald. Nackt, den Kopf geborgen im Schoß eines Wolfes. Wie Liebende sahen sie aus. Nur schlecht kann das sein, eines Teufels Werk. Nun soll sie brennen, die Wolfshure. Brennen, denn sie hat gestanden. Dass sie den Wolf liebe und jede Nacht bei ihm verbrächte. Und, nach langer Folter, dass es der Teufel sei, in dessen Schoß sie bei jedem Mond gelegen. Der Menge das Futter, dem Pöbel sein Glück. Drum muss sie jetzt sterben, ihr Teufel wird sie nicht retten.

Und auf seinem Hügel, ganz nahe im Wald, sitzt der Wolf und schaut. Seine Augen regen sich nicht vom Geschehen, sein Herz rast, Adrenalin schwimmt in seinem Blut wie auf tobender See. Sie führen die Frau zum Feuer her, schreien, speien sie an, Gerten schlagen auf nackte Haut. Jeden Schlag spürt er und nährt mit ihm seinen Hass. Er weiß um seine Stunde.

Sie stoßen sie ins Feuer unter Gejohle. "Brenne! Brenne!" tobt der Mob. Und sie brennt. Kein Laut dringt über ihre Lippen, als die Flammen ihr leuchtend rotes Haar erfassen, ihre winterweiße Haut verkohlen und das Fleisch von ihren Knochen brennen. Keine Träne, kein Fluch. Sie übergibt sich dem nahenden Tode voller Stolz. Und weiß um die Stunde des Wolfes.

Im Morgengrauen verglimmt die letzte Asche. Das letzte Gebet gesprochen ziehen die Leute sich zurück in ihre Häuser. Gut zu ruhen versprechen sie sich nach getaner Gottespflicht.

Erneut treten leise Schritte durch den Wald, zum Hügel hin, wo der Wolf noch immer sitzt. Er wittert vertrauten Duft, ein Beben in seinen Lenden. Sie setzt sich neben ihn, gemeinsam beobachten sie aus eisgrauen Augen das Dorf, das nun Ruhe findet. Als das letzte Licht gelöscht wird, schauen die beiden Wölfe sich an. Er wittert noch immer den Geruch des Feuers an ihr, fast ist es, also schlügen noch Funken aus ihrem flammend roten Fell.

Von der Kirche her klingt Glockenläuten. Die Menschen haben keine Furcht mehr, die Hexe ist tot. Sie lassen ihre Türen offen, damit der kühle Nachtwind ihnen den Duft ihres selbstgerechten Handelns bis ans Bett wehen kann. Die Glocken klingen lauter und voller.

Die beiden Wölfe setzen sich in Bewegung, dem Dorfe entgegen. Ihr Tisch wird reich gedeckt sein heute Nacht, jede offene Tür, jedes offene Fenster eine Einladung.

Die Glocken läuten die letzte Stunde ein. Die Stunde der Wölfe.

Schreie in der Dunkelheit

Ich erinnere mich noch an diese Schreie, wie der süße Geschmack von Zucker auf der Zunge. Es sind sterbende, helle, dunkle stimmen, hart und voller Schmerz. Ich höre sie jeden Tag, obwohl ich weit entfernt bin. Sie verfolgen mich seit einem Unfall in jedem Traum, in jeder Situation, sie rufen nach mir. Immer und immer wieder.

Ich habe jeden Tag Angst, vor diesen Stimmen und ihrer Herren, sowie ihren Peinigern und Quellen. Jeden Tag dasselbe Spiel.

Es ist ein normaler Anfang, wie jeden Tag, ich wache um 03:00 Uhr mit einem Schrei auf und meine Frau hält diese Stunden des Morgengrauens nicht mehr aus. Voller Qual schlaflose Nächte zu verbringen und mir den Schweiß von der Stirn zu wischen. So voller Sorgfalt und Hass in einem. Ich wasche mich ziehe mich an und trete aus der Tür, nach einem Quickie mit meiner Frau um ihre Sucht zu stillen. Draußen sehe ich diese gewaltigen Betonfassaden, voller Schmerz und Blut. Jeden Tag sehe ich sie. In der U-Bahn diese hüllenlosen Körper, voller Emotionen und ich sehe sie als Leichen wie ich mit meinem Blut getränkten Messer über ihnen stehe. Ein Tunnel, Schrie, unendlich viele. Dieser Teich meine Seele ist verkorkst und vollen Schwärze.

Ich zünde meine Zigarette an und trinke meinen Kaffee vom Kiosk der Fetten hässlichen Dame an der Station. Ich ekel mich vor ihr, aber ich habe mein Messer immer griffbereit unter meinem Schwarzen langen Mantel.

An der Arbeit angekommen mache ich mich bereit meine Wut am Stahl zu entfalten aber er ist zu heiß um lange daran zu arbeiten, dennoch kämpfe ich gegen diese unerträglich Hitze an wie jeden

Tag. Schreie, als die Straßen Bahn die Fenster meiner Hölle für kurze Zeit verdeckt. Ich packe mir an den Kopf und kann nicht mehr, Pause. Schlag für Schlag verbiege ich den Stahl mit meiner bloßen Muskelkraft und Ausdauer, erneute Schreie und Zeit zum gehen. Ich dusche mich und trete in die dunkle Nacht hinaus, weinende Kinder in den armen ihrer verhassten Mütter wecken meine Aufmerksamkeit.

Der kalte Schnee brennt in meinem Gesicht, ich gehe weiter. Am nächsten Pub mache ich halt und schaue in die warme Schänke mit lachenden leeren Hüllen voller Alkohol, ich sehne mich einzutreten aber ich gehe weiter zu meiner Wohnung wo meine Frau schon wartet, und weint wie jeden Tag.

Diese Schreie verfolgen mich bis zu meiner Haustür wo sie er stummen als ich den Schlüssel einschiebe, um in diesen Bunker ein zu treten. Ich stehe vor meiner Tür, sie trägt meinen Namen. Es stinkt nach Tier und alten Geschöpfen. Ich trete ein und setzte mich zu Ihr, sie hängt von der Decke mit harten und zerreißenden schnitten am Körper die durch die Fäulnis kaum zu erkennen sind.

Ich lege mich schlafen und Schreie bis tief in die Nacht.

Sie können mit mir sehr gerne in Kontakt treten, entweder per Post, E-Mail oder Telefon. Mich können Sie auch auf folgender Website: www.sandrohuebner.de finden und kontaktieren.

Desweiteren sind meine anderen Bücher, wie diese hier unten aufgeführt werden, bereits überall erhältlich – auch bei mir, mit Autogrammwunsch. Für meine E-Book Liebhaber, teile ich gerne mit, dass alle meine Bücher auch für jeden E-Book-Reader erhältlich sind.

- SAD SONG - Trauriges Lied -
- Juliette und Taddei eine Liebe forever
- Rückkehr eines träumenden Delfins
- Fesselnde Psycho-Horror-Geschichten
- Spannende Thriller-Geschichten
- Doppelt stirbt sich besser,
  mit einem grauenvollen Biss

Autor: Sandro Hübner
Titel: SAD SONG
- Trauriges Lied -

Genre: Kriminalroman
Seitenanzahl: 66
ISBN: 978-3-7407-3007-9
Verlag: TWENTYSIX

Autor: Sandro Hübner
Titel: Juliette und Taddei eine
Liebe forever

Genre: Liebesroman
Seitenanzahl: 68
ISBN: 978-3-7407-3030-7
Verlag: TWENTYSIX

Autor: Sandro Hübner
Titel: Rückkehr eines träumenden
Delfins

Genre: Roman
Seitenanzahl: 56
ISBN: 978-3-7407-3399-5
Verlag: TWENTYSIX

| **Autor:** | Sandro Hübner |
| **Titel:** | Fesselnde Psycho-Horror-Geschichten |

Genre:	Horror
Seitenanzahl:	208
ISBN:	978-3-7407-4455-7
Verlag:	TWENTYSIX

| **Autor:** | Sandro Hübner |
| **Titel:** | Spannende Thriller-Geschichten |

Genre:	Thriller
Seitenanzahl:	152
ISBN:	978-3-7407-4636-0
Verlag:	TWENTYSIX

| **Autor:** | Sandro Hübner |
| **Titel:** | Doppelt stirbt sich besser mit einem grauenvollen Biss |

Genre:	Psychohorror
Seitenanzahl:	512
ISBN:	978-3-7407-4697-1
Verlag:	TWENTYSIX

Autor:	Sandro Hübner
Titel:	TITANIC
	Ein Augenzeugenbericht von
	Helena F. Lang

Genre:	Roman
Seitenanzahl:	88
ISBN:	978-3-7407-5058-9
Verlag:	TWENTYSIX

Autor:	Sandro Hübner
Titel:	Unheimliche Gruselgeschichten
	- Teil I -

Genre:	Gruselroman
Seitenanzahl:	244
ISBN:	978-3-7407-5067-1
Verlag:	TWENTYSIX